Luís Ramírez

La última página del diario de **Alondra**

Novela

La última página del diario de Alondra
© Luis Ramírez

ISBN: 978-9945-583-89-2

Primera Edición: Abril 2014
Editorial SANTUARIO

Segunda Edición: Octubre 2023
Ediciones GÁRGOLA

Revisión:
Dr. Eduardo Rodríguez Lorenzo
Roberto García
Diseño de Portada: George W. Andersón H.

Fotografía:
Richard R. Andersón H.

Luís Ramírez

La última página

del diario de

Alondra

A mi tía Teresa Balbuena, porque siempre creyó en mí… Que Dios te haya guardado tu espacio en el cielo… ¡Gracias tía, gracias!

Solo le hizo el amor una vez después de su viaje a "NUEVA YORK"…, y fue porque soñó en la primera vez que tuvieron relaciones.

Nota del editor

Cuando terminé de leer este libro, recordé una frase de Friedrich Nietzsche:

"Lo que hacemos no es nunca comprendido, y siempre es acogido sólo por los elogios o por la crítica". Esta novela no es para que el lector la elogie o la critique, sino para que se adentre en un mundo creado para un ser incomprendido, odiado y amado por partes iguales. No necesariamente tiene que comprender todo lo que sucede en estas páginas, sólo se invita a compartir con estos personajes, su vida, sus desgracias y sus fortunas. Esta novela quiere compartir con el lector la mezcla de lo real y lo ficticio, narrado de manera magistral por su autor. Evocando a la vez, la necesidad de convertirnos en mejores personas. Claro está, que convertirnos en la mejor versión de nosotros no sería posible sin la educación adecuada. El autor hace referencia en este sentido, seguramente recordando las palabras de Confucio; "Donde hay educación, no hay diferencia de clases".

Todo tiene un principio y un final, pero el conocimiento de la existencia de un ser como Alondra, nos recuerda que hay algo más allá, donde el final siempre es un nuevo principio.

Roberto García
(Escritor y editor)

Prólogo

En la novela romántica *La última página del diario de Alondra* el autor trata de hacer un enfoque sobre la elevada inteligencia que existe en los seres humanos sureños de la República Dominicana, a pesar de la gran problemática productiva que tiene la mayor parte de su tierra; ofrece un enfoque de la cultura de esa región, la exaltante preparación intelectual que hay en aquellos ciudadanos, sus grandes músicos, sus hermosos ríos y su gran lago, entre otros aspectos relevantes.

Tal vez no es precisamente que el autor crea en los extraterrestres, es lo menos significativo para él; pero busca una filosofía, una forma de creatividad, para expresar este misterio, esta insigne capacidad que se encuentra más allá de lo lógico en aquella región de este país.

Hamlet Demorizi

Introducción

Los hombres no han podido construir la vara sin límites para medir los grandes misterios del universo. Se creen genios por sus pequeños descubrimientos, pero en el fondo de su alma habitan ciudades de frustraciones. Están conscientes de que las realidades desconocidas son cuantitativamente veinte millones más de lo que se ha descubierto. Pero les quieren hacer creer al mundo que en el espejo donde los seres humanos se miran es irreal… un espejo que tiene su propio mundo y que se encuentra prisionero en la pesadilla de su alma, un espejo donde ellos ven sombras sin rostros y les hablan lenguas que desconocen, un espejo que los tortura para destruir su propio mundo. Ven la realidad, pero no pueden describirla: creen que son el principio y el final del universo; los superiores por sus cerebros agigantados… pero no hablan de los extraterrestres, quienes fueron los primeros a quienes vieron volar.

Esta novela romántica demuestra lo contrario… El hombre, cuando llegó a este universo lo encontró todo: no ha inventado nada; es así, todo es un reflejo de la realidad. La religión, la filosofía, la nueva tecnología, la arquitectura, la comunicación a millones de kilómetros, solo son muestras de nuestra hipótesis. Están conscientes de que no son los únicos sobrevivientes de cerebro desarrollado, de que no son los únicos en su especie… de que solo están armando un rompecabezas que han encontrado desarmado en toda la galaxia.

Luis Ramírez

1

Marcos pensaba que la madre de Alondra no sobrevivía aquel golpe tan fuerte, ya que su hija era lo que más amaba en el mundo.

Él no sabía que aquella mujer poseía el conocimiento del destino de esa diosa, que estaba conforme con sus nietos, y que además, tenía bastante dinero para que en el futuro vivieran una vida decente.

Alondra, tras su viaje, dejó todo bajo el control de su abogado. Conocía a fondo el mundo donde se encontraba, además, tenía la certidumbre de que podía fracasar en cualquier momento. Una de las cosas que hizo feliz a su madre fue los cientos de personas que vinieron de diferentes partes del mundo al sepelio de su hija, y cada vez que pasaban los años veía diferentes rostros de seres humanos que visitaban su nicho. Se sentía orgullosa de aquel ser, porque a pesar de sus grandes posesiones, a pesar de que vivió una vida de lujo en la alta burguesía de los Estados Unidos, nunca perdió lo más grande que hay en un ser humano: la humildad.

Cuando Alondra cumplió los nueve días, le hicieron una misa como era de costumbre en aquella tierra. Su madre, Marcos, Juan y Jesús, fueron al cementerio. Al entrar en aquel espacio encontraron una alondra posada en la tumba como si estuviera tendida en su fenecer. La misma con la que su madre soñaba.

Carmen se acercó al ave. El vertebrado no tuvo miedo a pesar de que se veía arisco; la señora tendió su mano izquierda y el ave se posó en su antebrazo mientras ella con su mano derecha empezó a acariciar su plumaje de oro. Ellos se sorprendieron, se encontraron todo esto extraño… Al despedirse de aquel lugar, dejaron ramos de flores y dos velones encendidos. Marcos no quiso montarse de nuevo en la Ford color negro que Alondra le había regalado a su madre el día de su cumpleaños. Prefirió irse caminando para contemplar aquellos lugares en donde pasó los mejores momentos que tuvo durante el noviazgo con su esposa; pero antes se puso los lentes negros que cargaba en su camisa blanca de lino y caminó hacia el centro de la ciudad.

Fue al parque, luego visitó la escuela: vio lo hermosa y lo diferente que se encontraba; entró al Ayuntamiento Municipal, miró las dos guaguas que transportaban a los estudiantes que aún se encontraban como un trabuco, en perfectas condiciones. Desde que se construyeron los edificios no había visto esos obsequios que aquella diosa le había hecho a su pueblo, solo oía los comentarios.

Empezó a llorar, preguntándose cómo se haría para desalojar aquella tristeza que estaba esculpida en su corazón. ¿Viviría toda una vida habitando en esa espeluznante soledad?

Quería oír la voz de Alondra de nuevo y hacerle creer a sus sentimientos, a su corazón, que todavía ella vivía en la ciudad de Nueva York, que vendría pronto, tal vez en la Navidad, y que estaría seleccionando el mejor cerdo para sacrificarlo a su regreso.

Algunas personas observaban a Marcos con pena mientras caminaba por las calles del pueblo; otros lo saludaban con una sonrisa y respeto, como si él fuera Alondra, como si fuera un héroe. Marcos se emocionó un poco porque tenía conocimiento de lo que se reflejaba en ellos; de que todo ese afecto hacia su persona era por el gran amor que le tenían a su difunta esposa e hizo un gran esfuerzo en su interior para que esos seres humildes y sencillos no se dieran cuenta de aquella angustia que llevaba en su alma.

Llegó un momento en el que se le agotaban las estrategias para detener su melancolía, lo que lo hizo marcharse a la casa.

Cuando caminó cinco kilómetros, se veía la residencia blanca y extensa en la montaña. Contempló el laberinto de la comunidad, que lo habían convertido en una carretera. Se sentó bajo el almendro en el que junto a Alondra se recreaba cuando iban a pasear y observó que aquel lugar también había cambiado. La diferencia que había entre este momento y el anterior era que, al principio, bajo el árbol había un banco construido con un tronco de jabillo y transitaban animales por su frente; en la actualidad, estaba rodeado de bancos de concreto y circulaban vehículos…

Al aproximarse al portal de la casa, Marcos vio que Jesús corría hacia él. Abrió los brazos, el niño saltó y se agarró de su cuello. Ambos se dieron fuertes abrazos cargados de ternura. Marcos le dio varios besos en la frente y pasó las manos por su negra cabellera.

2

Cuando Alondra se despidió de la comunidad, el rostro de la montaña estaba cubierto de neblina, pero en las orillas de sus ojos filtraba el rocío de la tristeza. Su deseo de progresar vencía la responsabilidad de su extraña conciencia... y Marcos triste... con el alma inundada de lágrimas.

En la mirada de ella había intriga que iba regando rayos foráneos y tenues por el sendero de la ribera del río que pasaba en el centro de la comunidad. En su sueño, su pensamiento estaba cargado de placeres y los diamantes estaban grabados en el centro de su alma.

Dentro de su pena, Marcos expresaba gesto impropio e inconforme. Su presencia estaba esculpida en su agobio. Ya no había pasión en sus ojos, sus párpados se encontraban caídos, fatigados; sus pupilas trataban de sonreír, pero en su horizonte había angustia, y su pensamiento seguía soñando su penumbra soñadora.

Llegó un momento en el que su familia le temía a su voz profana, la que oían a través de alucinaciones. Se convertía en burguesa, en joven creciente, rodeada de jardineros de pocos versos.

Las margaritas ya no obsequiaban sus aromas ni decoraban con sus pétalos la comunidad, la primavera se convirtió en algo insólito, el arcoíris de aquel campo perdió sus colores, los pájaros no sonreían y el aura no lanzaba frescura.

En aquel mes, las noches largas se hacían más largas, la luna estaba cargada de luces, pero las nubes ocultaban sus rayos. Nadie podía cerrar los ojos, las ranas no cantaban ni los luceros brillaban; la montaña grande no producía ecos y la colina tenía oculta su belleza; el canto del gallo no era el despertar porque solo había insomnio; la noche se convirtió en algo impropio, la aurora dejó de saludar el alba: no escribía versos; el verdor desapareció, la naturaleza dejó de pintar con la clorofila, por lo que el prado perdió su encanto; el llano ya no era llano y el arroyuelo de agua dulce se convirtió en salada.

Nada podía detenerla, ni el llanto de los niños. Entendía que el futuro de su familia no estaba en trabajar la tierra.

Marcos agarró su otra guitarra, instrumento que ella le había regalado y que le había enseñado a tocar; derrochó notas, versos, pero nada la conmovía: ya la decisión estaba… Cuando el sol estaba junto a la colina se miraban indecisos, él le dio un beso triste a la sirena junto con uno de esos rayos que se filtraban por el espacio que había entre dos grises nubes, luego se miraron fijamente a los ojos, entonces ella le acarició su rostro con sus rojas, ampolladas, y dolorosas manos.

3

Su rostro continuaba mojado, pero ya el caballo estaba preparado. Marcos la ayudaba a subir, pero Alondra le quitaba sus manos con un movimiento cargado de inconformidad, como si dijera que podía subir sin su ayuda, tal vez enfadada con ella misma.

—¿Te acompaño hasta la parada? —le preguntó Marcos con las lágrimas manándole de los ojos.

—¡No, los niños no se pueden quedar solos! —expresó Alondra tristemente, con una lágrima posada en el ojo derecho—. Dejaré el caballo donde el compadre.

Dejó de acariciarle el rostro y le dio un beso de despedida.

Marcos se hincó, puso las manos en su semblante, su llanto se convirtió en aullido, bajó la cabeza hasta tocar el suelo como si en realidad fuera un árabe orándole a su dios.

El caballo se perdió por el estrecho laberinto, Marcos corrió detrás con el rostro mojado de un llanto mezclado con sudor. La llamaba, continuaba gritando, pero ella seguía sin detenerse ni mirar hacia atrás.

Al llegar al colmado de Reyes, su compadre la esperaba tal y como lo habían planeado el día anterior cuando estuvo en su casa.

Al nacer el primer hijo, Alondra le dijo a Marcos que quería que uno de esos hombres bautizara al niño, porque estos humildes campesinos eran quienes estaban al lado de ellos en los momentos difíciles.

Le entregó el trotón al compadre.

—Gracias, compadre —se expresó Alondra.

—De nada, comadrita. Vaya con Dios —expresó el compadre con los ojos ahogados en lágrimas.

La camioneta en la que Alondra fue al pueblo no tenía cristal delantero, le faltaba el bonete y las demás partes de la carrocería estaban oxidadas. Al llegar a la parada, observó que la guagua en la que viajaría hacia la capital era nueva: tenía aire y los asientos en buenas condiciones.

Alondra entró al autobús, luego se sentó. Al pasar unos minutos, ya la guagua se encontraba llena, solo en el asiento de aquella ninfa quedaba un espacio. Nadie quería ocuparlo, ni siquiera las mujeres: pensaban que era una virgen de lo atractiva que se encontraba, que no la podían tocar porque era un pecado. Aquella doncella se veía más bella que nunca. Leo le había comprado ropa para su viaje.

Cuando llegaron a la capital, no quedó sorprendida con nada aun sin haber visitado aquel lugar… Ni el malecón, ni los edificios, ni las calles sin un final; ni el exceso de vehículos, ni el aeropuerto, ni los aviones. Nada de esto la impresionó.

Empezó a caminar en el aeropuerto. Las personas que veía no se las encontraba extrañas. Entró a varias tiendas, la ropa del último grito de la moda y las prendas, tampoco la impresionaron. Cuando entró a almorzar a un restaurante, le gustó cómo estaban decoradas las paredes; tenía la historia de la República Dominicana en pinturas: el primer cuadro enfocaba un mapa con la ruta y otro con la división de la isla antes y después del descubrimiento del Nuevo Mundo. Estaba titulado: La isla de Haití y sus cacicazgos, según Oviedo y de las Casas en 1492.

El siguiente mostraba cómo los aborígenes encendían el fuego, cómo cultivaban los alimentos. El cuadro presentaba un gran río, los nativos en una canoa pescancando con lanzas. En el siguiente trabajaban la tierra, en el otro, hablaban con los conquistadores, en el próximo combatían en contra de ellos y luego se encontraban esclavizados, trabajando duro.

4

Marcos tenía resentimientos de su padre por lo que le había hecho, pero con la ausencia de Alondra comenzó a darle la razón.

La comida que consumía no era la misma que su esposa le hacía, el agua no podía pasar por su garganta, porque había una frontera angustiosa en ella. Solo pensaba en aquella mujer. Así duró varios meses: enflaqueció, los huesos de su semblante sobresalieron, sus grandes ojos aumentaron de tamaño, cuando miraba parecía como si quisieran salir de su lugar, la pena arropaba su interior, aumentaba cada día más en su alma.

A veces quería morir, pero pensaba en los niños, ¡quién los educaría! Miraba el campo con congoja, la foto donde se encontraba Alondra, sus hijos y él. Muchas veces llegó a pensar, que si a lo mejor no hubiese conocido aquel ser, nada de eso hubiese sucedido; pero que tampoco había de alcanzar aquel grado de felicidad tan sublime con ninguna otra mujer cómo lo había logrado con ella. Unos momentos con tanto deleite que eran inexplicables.

El compadre se encargó de todo, porque ya nada tenía importancia para Marcos. Él trataba de darle ánimo pero era inútil.

—Coma, compadre. Hay que vivir para poder pelear por lo que uno quiere —expresó el compadre con actitud alegre, tratando de que recuperara el temple.

Estas palabras de Domingo Zorrilla comenzaron a despertar el estado de ánimo de Marcos, que moría de compunción.

Después de ocho meses de sufrimientos, Marcos comenzó a caminar por el campo, a acariciar los animales, a sonreír para que sus hijos sonrieran. Iba todas las tardes al río a leer dos enciclopedias que su primo Michel Báez le había regalado, que contenían los grandes cuentistas rusos y la filosofía griega.

La vida de Marcos empezó a restablecerse cuando recordaba las expresiones del compadre, que tenía que sobrevivir para que aquella historia no tuviese un fin desagradable. Sabía que su casa tenía que sonreír como al principio.

Empezó a obsequiarle e introducirle agrado a su hogar: podó las ramas del árbol más cercano de aquella residencia; tan abundantes que formaban una cortina de sombra que ocultaba el setenta por ciento de la luz del naciente sol. Amplió la granja y mandó a comprar más gallinas ponedoras con el fin de aumentar la crianza. Le dijo al compadre que buscara por todos los rincones de la ciudad un perro negro. El compadre lo compró y Marcos le puso el nombre del perro que tenía antes en la mansión de su padre llamado Orian.

No iba al pueblo, porque tenía miedo de que algún pariente de su familia lo viera en la condición en la que se encontraba y de que su padre tuviera conocimiento de esta triste historia. Sabía que lo que aquel hombre iba a hacer era reprocharle, en vez de ayudarlo y con sus razones; además, esto podía cooperar con su tristeza.

Oraba todos los días por su esposa. Tenía miedo de que le fuera a pasar algo grave en aquella ciudad. Desde que hizo su viaje nunca dejó de pensar en aquella situación, algo que siempre lo tenía descontrolado. A pesar de que vivía en el campo, hacía todo el esfuerzo para que no les faltara comodidad a sus hijos. Había una vaca que apreciaba: era especial, de color negro; tenía una mancha blanca que reflejaba el mapa del Nuevo Mundo, y por eso la protegía más que a las demás reses.

Un domingo en la mañana, se puso a pensar en Miguel Guerrero Alcántara, su mejor amigo. La memoria le llevó al fin de semana de lluvia, cuando se encontraban en la disco. Esa noche, Miguel desapareció por unos cuantos minutos. Al regresar, invitó a Marcos al baño, quien se llevó una gran sorpresa cuando aquel joven le brindó cocaína. Estaba asustado, no solo por el brindis, sino por el exaltante cambio que su amigo había dado. Le dijo que, si se estaba volviendo loco, se enfadó y lo dejó solo en aquel lugar. Sacó su cartera pequeña y negra del bolsillo izquierdo de la parte delantera del pantalón, extrajo la tarjeta de un taxista de confianza, lo llamó para que lo pasara a recoger y lo llevara a su casa. Llegó triste a la residencia, desconsolado. No pudo dormir pensando en aquella escena con su mejor amigo. A las cuatro y media de la mañana, cuando empezaba a cerrar los ojos lo llamaron de urgencia: Miguel había tenido un accidente automovilístico en "La rotonda de la muerte" en el malecón de la capital. Según la autopsia, el impacto no le había quitado la vida; había muerto antes de una sobredosis.

Marcos empezó a culparse; que no debió dejarlo solo: que tenía que despojarlo de aquella sustancia y no permitir que continuara consumiéndola.

5

SEGUNDA CARTA DE MARCOS

Noviembre 29/1990

¿Acaso crees que podrás vivir con tu medio corazón y que la mitad del mío no es importante para tu ser?... Cuerpo exacto, cuerpo de trueno, no continúes lastimando mi interior.

Te busco todos los días con mi pensamiento, te veo desnuda, pero no te puedo tocar. Podrás negarme todo, pero no impedir que te piense..., me has pasado el corazón con una flecha de oro. Música de El jardín del Edén.

Te he deseado toda la buena suerte, pero si no despiertas de tu falso sueño, al final la soledad será la compañera de tu derrota. Ya en tu mapa no hay frontera ni llanos decorados de mariposas que te hagan interrumpir tu pesadilla.

Alondra, amada mía, tú misma te estás robando tus sueños. No quiero que el final de tu falsa gloria solo sea recuerdo del espíritu de tu verdadero mundo... ¡Recuerdas mi sombra que no existe, mi alma de carne y la voz de su ausencia! ¡Crees que serás una perdedora por recuperar lo que es tuyo! ¿O no escuchas la voz del bosque a través del pequeño viento?

Deja de ser otra tú, puedes ser tú de nuevo, naciste en las piedras, pero tu corazón no es de roca. ¿Acaso tus alas están enredadas que no pueden combatir el frío viento? Tu hermana te espera… es la aurora. Tormenta de fuego, el agua fresca del arroyo quiere quitar tu sed.

¿Acaso eres un reloj para cargar en el hombro el tiempo de aquella metrópoli? ¿Por qué huyes de tu mundo? Y yo que pensaba que había encontrado la botija de mi vida cuando permitiste que habitara en la ciudad que está ubicada entre las dos columnas pálidas que sostienen tu cuerpo.

Tal vez no recuerdas cuando acariciaba tus labios rojos cargado de anhelo y de fuego, con mis labios apasionados empapados de vino. Tampoco recuerdas cuando te tejía dos trenzas debajo del almendro, tú te deshacías de ellas y te hacia una, que era lo que te gustaba. Tu tiempo límite no llega, pero aún me quieras olvidar, no puedes, porque tus labios todavía están húmedos de la champaña de mi boca…, labios de gloria, ¿cómo me voy a olvidar de tus besos, si de ellos fue de donde nació el fuego del sol?

Eres inteligente, pero no quieres aceptar que el rostro que ves en aquel espejo de lujo no es tu rostro. Todavía veo la huella de la verdad por el cristal… Veo que ya no me amas.

6

Alondra nació en el sur de la República Dominicana, en el centro de una primavera, en un campo de Duvergé. En aquella época, el lugar ni siquiera tenía nombre. Ahí nunca pudo nacer un árbol frutal, solo los cactus, bayahondas y guasábaras. A pesar de que no producía alimentos, sus colinas eran hermosas, distinguidas. Caminaban kilómetros y el territorio solo reflejaba estos árboles, aunque en los siglos pasados era una de las tierras de mayor fertilidad de la isla.

Nunca en la historia se había visto que el nombre de un ave marcara el destino de un ser humano. Cuando su madre estaba embarazada soñaba con un vertebrado de plumaje listado, pardo, con un collar pintado en el cuello, que cantaba en su vuelo. La embarazada le hizo el sueño a un anciano ciego por naturaleza. Él le dijo que ese pájaro daba suerte y le llamaban alondra. Ella le expresó a aquel humilde señor que le pondría ese nombre a la niña al nacer; así fue, cuando Alondra arrojó su primer grito ya tenía su nombre. Al principio de su nacimiento, tenía la piel pálida y el pelo de un negro azabache, mientras que el vertebrado tenía en sus plumas el color amarillo y rojo… Ni el color se parecía al de aquella recién nacida.

Alondra crecía bajo su pobreza. En su casa no había radio, no había televisor, pero Alondra cantaba y bailaba a la perfección. La primera vez que asistió a la escuela, ya sabía leer y escribir, había aprendiendo por sí misma. La madre embarazada y abandonada por su marido veía la inteligencia de aquella niña

La higiene de aquella adolescente era impecable. Nunca le gustaron los animales que vivían en la casa, especialmente, los gatos y los perros. Decía que los hogares eran para los seres humanos, no para los cuadrúpedos. Las personas que hablaban con ella no podían entender cómo un ser humano podía tener una educación de sublime naturaleza aun viviendo en un campo de elevada pobreza y a tantos kilómetros de la ciudad.

Marcos y Miguel eran amigos desde su infancia. Estaban acostumbrados a estar juntos, más desde que el padre de Marcos estuvo en crisis y no pudo pagar el colegio de éste, por lo que tuvo que inscribirlo en la escuela pública.

Miguel le explicó a su padre lo que estaba pasando. El empresario Rafa Guerrero llamó a don César Báez y le dijo que le pagaría el colegio a su hijo, pero él no aceptó, porque se encontraba que era humillante. Con ese desprecio, Miguel se puso a llorar, pues, quería estar en la escuela junto con su amigo y su padre lo tuvo que inscribir hasta hacer el cuarto grado de la primaria, mientras que la familia de Marcos rebasara aquellos momentos difíciles.

Marcos siempre soñaba con ayudar a los pobres. Le gustaban dos carreras: ser médico y ser profesor; decía que a través de ellas podía servirle a la gente humilde de su país, además, sería una persona importante en la vida.

No importó que su padre comprara una casa en un residencial: jamás se olvidó del barrio donde vivió. Aunque su familia alcanzó un importante lugar en la alta sociedad, cuando iba a almorzar, siempre pensaba en la masa pobre. Se preguntaba si todos los niños en aquel momento estaban comiendo, que cómo lograría que aquello no pasara o por lo menos disminuir la pobreza.

7

Él le cantaba, ella no aparecía en su canto, le imploraba, ella no se aparecía en su llanto… Entonces, las verdes hierbas crecieron en el camino, mientras su economía se veía germinar en su tez amarillo pálido, en sus poros, en su cuello solapado; su piel parecía lirio en silencio emanando esencia de su propio perfume, mientras los versos anhelantes de la primavera habitaban en sus labios.

El silencio del profundo mar, el último grito de la moda, el aullido de aquella moneda, el canto desnudo de esa brillante ciudad aumentaban su pasión y ponían frontera, venda en sus pupilas, para que Alondra no viera la entrada del laberinto de su comunidad.

Los rayos de las torres junto a la blanca nieve palidecían su piel, su trenza larga y negra se convirtió en melena color áureo, sus ropas finas, sus eslabones de oro que colgaban en su cuello, los aros de sus brazos, de sus dedos, junto al perfume de elevado precio aumentaban su brillo.

Cuando bailaba, dentro del corazón de Alondra había un mundo de sensualidad. Ella, con su conquistadora mirada, su grácil pisada, sus carcajadas que producían aullidos y su galardón mirando el cielo azul cargado de misterios… Era una maestra bailando en esos tubos, y su amiga Sacha, en su día libre en lo alto de la ciudad gozaba de su mansión, vehículos de lujo, abundantes vinos y whisky de altísimos precios… y su marido y sus hijos, esperándola en su humilde hogar.

8

Esa mañana, la aurora acariciaba el cuerpo reducido y atlético de Marcos Báez Severino en la plaza de la universidad, su cabellera negra y abundante, sus humildes ojos de un castaño hermoso, encantador, alegre y sofisticado. Los espacios que visitaba se convirtieron en la sombra de Alondra. Todas las cosas hermosas que su corazón veía las comparaba con su sensualidad.

A los quince años, Marcos se había graduado de bachiller en el Colegio Loyola de la capital, con notas sobresalientes.

Su padre, con más de sesenta años, tenía toda su cabellera, aunque con algunas canas. Era un empresario de gran prestigio. Quería que Marcos estudiara administración, para dejar la empresa bajo su responsabilidad, porque ya se sentía muy cansado y él se negó.

—No me gusta esta carrera —dijo Marcos, con humildad—. Quiero estudiar filosofía.

—O sea —expresó el padre con gesto de incomodidad —, que tú lo que quieres es ser educador. El maestro es muy mal pagado en este país. ¿Quieres quedar pobre toda la vida? ¡Te morirás de hambre!

—Un profesor es de suma importancia en cualquier país —dijo Marcos al tomar la palabra con actitud de tristeza y seguridad—, porque tiene el futuro, la responsabilidad y el desarrollo de cualquier nación en sus manos.

—Tu inteligencia es inmensa para ser profesor —dijo el padre al tomar la palabra de nuevo.

—Por ser inteligente, por tener una buena formación, es que tengo que ser profesor —expresó Marcos, con actitud de solvencia.

—No complazcas a tu padre, haz lo que quieras —dijo el empresario con ira—. Pero no cuentes conmigo para nada, y salió de su oficina enfadado.

—¡Este es uno de los grandes problemas de este país! —Dijo Marcos, con tristeza en su pensamiento—. Las personas que están bien preparadas quieren estudiar carreras que les dejen mucho dinero, sin acordarse del futuro de esta nación. Los que están preparados son los que tienen que ser educadores, porque son los que tienen la capacidad para hacer bien este trabajo.

Marcos duró año y medio sin estudiar, hasta ponerse de acuerdo con sus padres y comenzar a recibir docencia en la Universidad Autónoma de Santo Domingo.

Allí consiguió nuevos amigos. Uno de ellos lo había invitado para el sur, a un río de agua helada muy hermoso y famoso en aquel pueblo llamado La Zurza, que salía de debajo de una montaña. Al llegar a aquel paraíso, vio una muchacha sumamente hermosa tocando una flauta; se encontraba sentada en un peñasco a la orilla del río: creía que era una diosa y quedó estupefacto por dos minutos, sin dejar de mirarla. Se desabotonó la camisa con gran rapidez, se quitó la camisilla, ni siquiera se despojó de los zapatos ni del pantalón. De pronto, estaba nadando en el balneario.

Ella también lo miraba, y se puso a sonreír, algo insólito en su ser. Al llegar al otro lado del río se agarró de la gigante piedra en que la chica se encontraba sentada: no pudo pronunciar una palabra; ni siquiera su nombre. Ella tampoco pudo expresarse, pero sus miradas dijeron todo.

Marcos le habló a su padre acerca de aquella mujer, de su belleza, que se podía comparar con una sirena. Él le dijo que si estaba loco para enamorarse de una campesina. En su rostro pintaba una expresión de jefe arrogante.

Marcos iba todos los fines de semana al sur. Estaba loco de amor. Alondra también se encontraba muy enamorada. Él decidió casarse a escondidas de sus padres. El empresario se dio cuenta y lo desheredó. Tuvo que dejar la universidad, porque no le daba dinero ni para echarle combustible al auto.

Aquel caballero le explicó a su esposa lo que estaba pasando. Alondra no se sintió a gusto con aquella historia que su esposo le había contado. Se sentía culpable de todo lo que les estaba sucediendo. Pero él le dijo que no se preocupara, que compraría una tierra fértil en Agua Dulce de Baní y construiría una casa. Sacó los ahorros que tenía en el banco, vendió el automóvil y su madre le dio otra cantidad de dinero, y así lo hizo: puso hombres a trabajarle; pero en la primera cosecha no tuvo éxito, lo que obligó a ambos a trabajar la tierra con sus propias manos.

En ese año, el Gobierno le exoneró las deudas a todos los agricultores, ya que no eran culpables de la tragedia que había pasado. Marcos no tenía esa experiencia agrícola. En vez de cogerle un préstamo al banco para trabajar la tierra, invirtió todo su dinero.

9

El Cementerio Viejo de Duvergé no tenía espacio para la sepultura de la nueva generación, por lo que se construyó el Cementerio Nuevo. Éste se dividió en dos: una parte para los ricos y otra parte para los pobres. Cuando Alondra llegó de los Estados Unidos, mandó a su compadre con una comisión a construirle su tumba. Le dijo que la hiciera en la tierra santa de los ricos, porque parecía ser que Dios había derramado su sangre nada más por aquellos seres humanos. Pero antes había mandado a buscar en la tierra de los pobres el diseño de la sepultura más humilde y edificó su tumba en la tierra de los adinerados... Logró construir un bohío dentro de un residencial.

Según la leyenda, quería burlarse de los burgueses de aquella tierra, para que el pobre de su pueblo sonriera una vez en su vida.

El día del cumpleaños de su muerte, su pueblo celebraba una fiesta como si fuera las fiestas patronales: orquestas, solistas, una banda de música y misas por una semana; las mujeres alegres, bien perfumadas, el cuello lleno de prendas, hacían Alondras de barro, vendían fotografías y pinturas con la figura de Alondra, aretes de gran tamaño, como ella los usaba; diamantes hechos de cristal, perlas; se vendía todo tipo de cereal, hacían peñascos de madera y los forraban con telas verdosas, se vestían de blanco, buscaban guitarras, se sentaban en las piedras y comenzaban a tocar los instrumentos imitándola.

Su empresa mandó a construir un hospital que luego las autoridades de aquel pueblo lo bautizaron con su nombre. Dio la orden para la ampliación del cementerio, edificó tumbas de lujo en la tierra santa de los pobres, una escuela con su transporte, una carretera en su campo que llegaba hasta la ciudad para que en el futuro las personas que tenían propiedades en aquel territorio no tuvieran miedo de habitarlas, de donde luego surgieron dos comunidades: una llamada «Venga a ver» y la otra llamada «Las baitoas». Terminó de destruir el parque y luego construyó uno nuevo.

Aunque Marcos no estaba muy conforme con la madre de Alondra porque pensaba que ella estaba de acuerdo con aquel viaje, pues no le dijo a su hija que no abandonara su familia, fue a indagar por su salud. Ella estaba bien, gracias a Dios, pero duró dos meses muy desmejorada. Abrazó los niños, luego a Marcos.

—Pensaba que ustedes ya no me querían —expresó doña Carmen, con los ojos húmedos por las lágrimas.

—Cómo la vamos a dejar de querer, si usted es la única familia que nos queda en este lugar —dijo Marcos con gesto de tristeza.

—Ah, yo pensaba —replicó doña Carmen meneando

la cabeza y secándose el rostro con el antebrazo.

—¿Y Alondra, no se ha comunicado con usted? —preguntó Marcos.

—Sí, y me preguntó por usted y los niños —expresó la abuela con respeto—. No pude decirle nada, porque no habían venido por aquí, pero ella está bien, gracias a Dios.

—Por favor, deme la dirección —replicó Marcos, con aspecto de inconformidad.

En realidad, había pasado medio año y Marcos no tenía el mínimo conocimiento del paradero de su esposa; o sea, él no sabía qué escribirle. Si reclamarle con insultos porque se lo merecía o con una forma respetuosa porque era la madre de sus hijos; además, la amaba y quería que regresara a su hogar. Decía que si algún día ella retornara a la República Dominicana, él no temblaría; que, si la conocía de nuevo, era porque antes la había conocido. Entonces la segunda conducta de su ser sería la misma conducta del ser que él había conocido la primera vez. Pero que nada de eso le importaba, que lo que le importaba era que ella estuviera siquiera un segundo de aquellos hermosos momentos que habían existido en sus brazos, cuando sonreía al oír la voz de su corazón.

10

PRIMERA CARTA QUE MARCOS LE MANDA A ALONDRA

Noviembre 14/1990

Vuelve a tu hueco enaltecido de pobreza, donde se encuentran los recuerdos más hermosos de tu vida.

Tu voz le hace falta a la montaña, porque de tus ecos es de donde ella pronuncia sus versos. Ven a quemar tu piel pálida, dale su originalidad con el sol de tu campo, no permitas que tu conciencia te pase juicio y luego te condene.

Sé que estás perdida en aquella ciudad, tan perdida que buscas tu ser y no puedes encontrarlo. Mira cómo te ocultas de los seres que te aman…

¿Acaso no te hace falta el perfume de los nardos? No puedo dormir, siento el sonido de tus pasos en forma de aullido y en todo el día veo tu sombra. Ven a correr a caballo en el amplio prado. Mi alma está agravada de melancolía, está vacía por tu ausencia. Busca el mapa de ella, del principio, para que puedas llegar a su melodía.

La luna es iluminada por tu luz, Alondra, ¿Para qué quieres más luces? Tu ausencia ha edificado la cárcel de mi vida, es la esencia de mi angustia... rostro de piel de la aurora, sonrisa diamantina, con tus gracias de ángel… Mira cómo el árbol que tú sembraste se seca por no ver tu rostro.

Ya habían pasado cinco primaveras y la madre de Alondra no había pensado en aquella ave. Una noche soñaba que, el vertebrado vivía en otra tierra y que había regresado a buscar su doncella porque pertenecía a su mundo. Esta situación puso a Carmen Peñalosa nerviosa, porque el pájaro no era aquella ave humilde, pequeña, que ella conocía. Se había convertido en un gigante vertebrado, se podía decir, en un monstruo.

Volaba encima del techo de la casa en forma de espía, investigando, a ver si encontraba un hueco para entrar a ella. Carmen desesperada, cargó la niña. La pequeña despertó, ella la ocultó debajo de la cama. La beba, al ver estas escenas y no entender nada, gritaba fuerte en forma lastimosa. La señora Peñalosa la abrazó, porque esos gritos la desesperaban. Como el ave no encontró nada mientras volaba en aquella posición, descendió y comenzó a buscar por los alrededores de la casa. Como no encontró la forma en la que podía entrar, voló hacia la colina. Carmen al no escuchar ruido, sino un hondo silencio, aumentó el pánico.

Le dijo a Alondra que se quedara tranquila, que no gritara. Pero eso asustaba a la niña. Carmen Peñalosa salió de debajo de la cama, se puso de pie, abrió el antiguo armario de caoba, sacó el machete de su padre que tenía nueve años guardado. En ese momento no era una herramienta de trabajo, sino un arma de defensa.

El silencio seguía dominando: todo estaba en suspenso. Ella caminó hacia la puerta de la habitación, la abrió lentamente, levantó la cortina plástica de diversos colores, revisó las persianas de cristal que se encontraban protegidas por cortinas rosadas. Luego, una de ellas fue erguida por aquel ser.

El ave estaba retirada a cien metros, cuando vio la luz de la lámpara que la señora Peñalosa había encendido, se lanzó a buscar su presa. Volaba con gran rapidez, con sus alas grandes y extendidas y sus ojos que parecían dos fogatas, tal vez a ciento cincuenta kilómetros por hora. Cuando la madre caminaba para la habitación procurando a su hija que todavía se encontraba gritando, oyó el canto del vertebrado que se había convertido en aullido. Ella, desesperada, se sentó en el piso amarillo con manchas grises, recostó su espalda en la pared de tablas de palmas, soltó el machete y comenzó con llanto fuerte queriendo pedir auxilio, pero no podía, porque sabía que no había quien la protegiera.

El ave, al llegar cerca de la residencia con la misma velocidad, vio la madre por el espacio de una cortina que había dejado izada, rompió el cristal y pasó su cabeza de gran tamaño y parte de su cuerpo.

Quería entrar, pero no podía, porque su ancho pecho y sus largas patas no lo permitían. Cuando Carmen observó esta escena, tendió la mano derecha en busca del machete; continuaba tocando el suelo consecutivamente bajo la oscuridad a ver si encontraba aquel filo, porque veía ventaja. Al encontrarlo, agarró su cabo con toda su fuerza, se levantó, corrió hacia ella con rapidez, cerró los ojos, le tiró varias veces con ira a la cabeza y el monstruo gritaba desesperadamente. Cuando la señora Peñalosa no sintió los gritos abrió los ojos, pero ya el ave no se encontraba. Como se dio cuenta de que el vertebrado le tenía pánico y de que podía vencerlo, sacó la cabeza lentamente por el hueco de la ventanilla que la alondra había perforado. No la vio, salió por el mismo espacio, miró a los alrededores, no sentía ni sus movimientos. Cuando miró hacia arriba, el ave iba en marcha hacia la montaña con la intención de ocultarse, pero ya su ala derecha y su frente estaban lastimadas, luego cayó en la parte más profunda del balneario hasta hundirse. Ella pensó que subiría de nuevo a la superficie: fue corriendo para atacar a su enemigo como lo había hecho anteriormente; pero se dio cuenta de que era imposible, por las condiciones en la que la alondra se encontraba.

12

Los problemas económicos seguían torturando a Marcos, después que su cosecha fue afectada por Emily, uno de los huracanes que había dejado un frustrante recuerdo en el pensamiento de la historia sureña.

No le pedía favores a sus familiares, para demostrarles que era un hombre y que si su padre pudo salir adelante solo, él también podía lograrlo sin su ayuda. Su casa no estaba en buenas condiciones, porque todo el dinero lo había invertido en la tierra, pero sobrevivía.

Él y los niños comenzaron cada quince días a visitar a la abuela, porque desde que Alondra se fue nada era igual. Decía que la soledad no era buena, la conceptuaba como un cáncer, que si fuera buena, Dios no le hubiera regalado una compañera a Adán.

Doña Carmen nunca estuvo de acuerdo con la boda, por la edad de ellos. Pero veía que su hija estaba enamorada: nunca la había visto tan feliz; además, no le quería poner fronteras a su futuro, sabía que no estaba económicamente bien para mandar a Alondra a la universidad, pensaba que tendría un buen futuro con Marcos, porque él sí estaba bien económicamente. Lo veía como un ángel en la vida de su hija y no como un error. Pero todo salió diferente, cuando su padre se dio cuenta de aquella boda, no podía estudiar ni tampoco ella.

Marcos era quien mantenía su familia y a la madre de Alondra, porque ya ella no podía trabajar. El calor de la cocina le estaba haciendo daño. Él se dio cuenta de que los viajes que hacía con su familia donde doña Carmen le estaba drenando su reducida economía, por lo que permitió a Alondra comenzar a ir sola.

Había un caballero de nacionalidad brasileña, de unos veintisiete años, de gran altura, de tez morena, ojos verdes, pelo fino y largo, recogido, amarrado con un cintillo negro. Este lugar le encantó desde el primer día.

—Ella es doña Carmen Peñalosa, la dueña —le dijo Ramoncito a Leo, con una sonrisa pintada en los labios—.

Ramoncito, quien era hijo de padres dominicanos, había nacido en el Bronx y el día anterior había indagado aquel lugar.

—Doña Carmen, mi nombre es Leo. Quería saber si usted vende este paraíso —expresó el brasileño con gesto de seriedad y a la vez con una sonrisa de amabilidad en su boca—. Si quiere póngale precio y no se preocupe.

—Si dejo de vivir en este lugar creo que moriría —expresó doña Carmen, con aspecto melancólico—. Este es mi mundo.

Él no se sintió ofendido, porque a pesar de que ella era humilde, también tenía derecho a disfrutar de aquella distinguida tierra.

El día siguiente, regresó al lugar del que había quedado encantado. Saludó a la dueña de nuevo, porque ya se sentía familiarizado. Le preguntó que si había tomado la decisión mientras caminaba para el río y observaba la colina, las rocas blancas, el cielo azul. Ella no le contestó, luego sonrió. Cuando bajó su mirada vio a aquella dama, aquella náyade vestida de blanco tocando una guitarra, cantando, quedándose en suspenso. En aquel momento había sentido que la brisa se había paralizado y que las nubes habían dejado de caminar. No había variación ni movimiento en aquella mirada que le daba a aquella modelo, siempre estaba fija. Sí, así la veía, como una modelo profesional, porque era un cuerpo que no tenía competencia: tal vez un poema neoclasicista, elaborado por la esencia de varios pétalos. Cada estrofa de su encanto estaba sujeto a las reglas gramaticales, a las reglas literarias, cada silabas de aquella obra de arte estaba acentuada siempre y cuando las mismas lo exigían, ¡las melodías de ellos eran tan hermosas, que cada una pertenecía a una canción de aquel movimiento artístico!

Pasó el puente de jabillo. Siguió contemplando sus peculiaridades y luego se le acercó.

—Señorita, ¿cómo te llamas, de quien eres hija? —le preguntó Leo con gesto de respeto, de emoción y de asombro—. ¿Quién te enseñó a tocar la guitarra con tanta perfección?

—Me llamo Alondra —expresó la sirena, con una sonrisa dibujada en el rostro—. Soy hija de doña Carmen.

—¿La dueña de este lugar? —replicó de nuevo el brasileño—. Sí, la acabo de conocer.

—Sí —replicó aquella diosa, tomando de nuevo la palabra.

En dos horas que dialogaron él le contó parte de su

vida, de los negocios que tenía en los Estados Unidos y le ofreció un contrato de trabajo para bailar y cantar, ya que en aquel lugar no había nadie que cantara. Ella le dijo que tendría que hablar con su esposo y con su madre para tomar aquella decisión.

Cuando habló con doña Carmen, ella le dijo que si Marcos también estaba de acuerdo, aún su semblante expresando inconformidad; sí, se le veía en la mirada aquella profunda melancolía: no quería decirle que no, aunque Alondra ya había tomado su decisión. Le preguntó a su madre y a su esposo por cumplir con ellos, porque no iba a dejar perder aquella oportunidad ni mucho menos aquel cheque que en tres años trabajando la tierra no conseguiría esa suma; además, trabajaría en lo que le gustaba.

13

Al salir el sol, se ocultó la aurora, pero la mañana seguía fresca. Carmen Peñalosa despertó nerviosa de aquel espeluznante sueño. Miró la niña, vio que estaba durmiendo, la tocó e hizo que abriera los ojos, la abrazó; se levantó, no le dio tiempo ponerse las sandalias, caminó hacia la puerta de la habitación, la abrió con miedo y con gran lentitud, echó a un lado las cortinas de colores, observó el entorno de la sala: no había señales de peligro; salió, revisó las cortinas de las persianas con esmero, luego la puerta principal y la que salía al patio; bajó dos escalones que se encontraban en la puerta del fondo, entró a la cocina, luego al baño que se encontraba separado de la casa, contempló alrededor de la residencia, tampoco vio nada. Fue al río, estaba más claro que nunca, aunque en la pesadilla se veía como un brazo de mar, dándose cuenta de que solo era un sueño.

Tenía el cuerpo adolorido, como si le hubieran dado una paliza. No recordaba que Alondra estaba sola y que cumplía años, aunque le había dicho que no se moviera de la cama.

La señora Peñalosa se apoderó de dos galones en la cocina para abastecerse de agua. Fue al arroyuelo, se arrodilló a llenarlos, lo logró aun sintiendo aquel dolor en la espalda.

Caminó hacia la casa de nuevo y al entrar a la habitación, Alondra jugaba con un peluche que se encontraba en el espaldar de la antigua cama de caoba. Estaba nerviosa. No podía dejar de pensar en aquella terrible pesadilla.

Cuando compartían el desayuno en la mesa azul de madera de pino que se encontraba en la cocina, le dijo que jamás la quería ver bañándose en el río. Alondra le quería preguntar por la razón, pero ella no la dejó hablar y le dijo que no le preguntara… No le iba a narrar a su bebé ese sueño tan aterrador; además, no lo entendería.

Desde ese día, la niña cruzó el río por el madero de un árbol que parecía ser de jabillo, luego comenzó a sentarse en una gigante roca.

Cinco años después, Alondra se puso a pensar en el día que su madre le dijo que no se bañara en el pozo, porque por dos veces había hecho unos sueños extraños. Esta vez, Carmen Peñalosa soñó que su madre le contaba en el sueño que un ángel le enseñaba a caminar por encima del agua y nunca se iba al fondo, y cuando llegaba al centro de aquellas aguas, el campo se ponía oscuro como si fuera a amanecer, pero el interior del río quedaba iluminado.

Ella no le hizo mucho caso al narrarle ese letargo, pensó que solo era una pesadilla. Esperó a que su madre fuera a la ciudad, pero al entrar, el balneario se puso frío y el fondo se iluminó. Ella estaba asustada, quería salir de aquel espacio, pero no podía, porque aquella fuerza magnética le impedía caminar. Cuando logró eludir aquel helado líquido, corrió hacia la residencia, entró a la habitación, se quitó el rosado vestido que ya se encontraba desgastado; agarró la blanca toalla que colgaba en un clavo de acero pintado de azul, se secó, abrió el armario de caoba, sacó una bata, también su ropa interior y una frisa de algodón, se vistió, luego se acostó y se protegió del frío con aquella cobertura.

Cuando doña Julia regresó del pueblo, encontró a Carmen con una fiebre tan alta que, estaba caliente como si fuera una hoguera. Después de tocarla, le dio unos medicamentos que tenía guardados dentro de la vitrina de pino color anaranjado. Los nervios la hicieron reprochar:

—Te dije que no te bañaras en el río, estaba teniendo unos sueños muy extraños. Luego la abrazó y la besó en su semblante al verla que mejoraba. Al otro día, estaba como si no hubiera pasado nada.

Carmen Peñalosa comenzó a rechazar a su novio. Él iba de San Francisco hacia el sur todos los fines de semana a visitarla, pero Manuel Burgos no aguantó las humillaciones de aquella joven hasta decidir olvidarla, o sea, de ponerle fin a aquella relación y no volver jamás a aquel lugar. No supo que estaba embarazada ni que tenía una hija que se llamaba Alondra, porque nunca se lo dijo. Luego, Carmen tuvo informaciones suministradas por un hombre de esa ciudad llamado Peralta Sorilla, de que Manuel se había ido a vivir a los Estados Unidos. Pero en realidad, a Carmen esto no le importó. Estaba feliz. Tenía su hija, nunca le interesó buscar otra pareja, tenía miedo de que le pasara lo que le había pasado con el padre de Alondra, siendo un caballero la había dejado de amar sin entenderlo, si la quería y la respetaba. Decía que su embarazo era extraño, que no sabía cómo había pasado, que no recordaba el día en el que Manuel Burgos había tenido relaciones con ella; además, ahora sentía su virginidad, tal vez por eso era por lo que tenía miedo de hablarle al francomacorisano de aquella criatura que llevaba en su vientre. Pero su madre estaba segura de que ella estaba embarazada del señor Burgos, y éste tenía una gran seguridad de que fue el primer hombre que comió de aquella manzana de sueño y de encantos.

14

TERCERA CARTA DE MARCOS

Diciembre 10/ 1990.

No recuerdas cuando mis labios empollaban tus pezones al encontrarme desesperado ni cuando quitaba mi sed con el sudor que se posaba en el centro de tu vientre, ¿o te crees más bella por tu fantasía? Aquí está tu copa de boda; nadie la ha tocado: rayo en tinieblas. Tengo tantas ansias de tocar tus senos, como si nunca antes lo hubiese hecho. Imaginación del viento pintada por el fuego, energía de rayos.

Nuestro hijo más pequeño te espera, te busca y no te puede ver, aún haya una pintura tuya colgada en la pared de madera. Pero esa no eres tú.

¿Crees que eres feliz en aquel mundo? Feliz es la sombra que no sufre cuando es golpeada por la guerra. ¿O crees que la sombra es inmortal y que su espíritu de carne no existe? ¿O no crees que la sombra puede ser de piedra y la espada poder atravesarla?...

Creo en la sombra más que en el mismo ser: no es capaz de hacer daño ni se viste de mentira; no creas que la sombra muere en la oscuridad, se puede ocultar en ella, pero siempre está presente, siempre está viva, siempre está en su lugar, aunque tú no la veas.

Estoy encerrado en una cárcel de cristal: nunca dejo de ver la realidad.

Si no me amas… no quiero que tu felicidad muera, no quiero que vivas para mí, sino para ti y para nuestros hijos, porque no se puede forzar un corazón para que ame a otro corazón. No es muy sencillo, pero hay que tenerle miedo a los corazones débiles.

No viviremos sin tu presencia en la mansión que mandaste a edificar en la montaña. Necesitamos tu cuerpo, tus rayos, tu calor… ¿O crees que el dinero puede hacer el papel de una madre?

Cuando Alondra llegó a la ciudad de Nueva York, su trabajo era cantar y bailar en aquel club. No tenía la pobre cultura ni el corazón de las demás chicas que al terminar de trabajar entregaban sus cuerpos a cambio de dinero. Nunca se fue a la cama con ningún hombre. Aunque su marido no estaba conforme con aquel viaje y no había podido comunicarse con él, le respetaba. Entendía que Marcos no tenía la culpa de aquello que estaba pasando, que lo había dejado todo por su ser, sin ella tener nada.

Al Leo no tener una persona de confianza para que administrara el dinero en sus empresas y ver la inteligencia, la conducta, la integridad de aquella mujer, habló con ella y la hizo responsable de la administración de todas las compañías.

Ella sentía incomodidad, ser la última en llegar y recibir aquella posición tan importante. En el negocio, todos los días había menos clientes, porque Alondra no estaba bailando. La pedían con bulla y ella tenía que trabajar en el día y en la noche, aunque Leo no estuviera de acuerdo.

Leo la protegía, la quería como una hermana, era la única chica hermosa que había trabajado con él sin haberla llevado a la cama.

Todas querían tenerlo, porque tenía las dos principales cualidades que a ellas les gustaban de un hombre: elegancia y dinero; así era, Leo tenía esas condiciones, además, ese trabajo era peligroso y las mujeres querían un hombre para quedarse tranquilas, hacer residencia y nueva vida. Cuando los clientes se las llevaban, las ponían a consumir drogas, si no querían, las obligaban. A veces eran golpeadas y se drogaban para hacerle el amor. Un día, uno de ellos le quitó la vida a una bailarina colombiana llamada Maira, la ocultó en el baúl de su vehículo, la amarró con un trozo de hierro en los pies, luego la lanzó al río. Pero como ya sabían que había salido con aquel caballero, porque todos los movimientos en aquel lugar se hacían con altura, o sea, que había un gran control, lo buscaron, lo agarraron y lo investigaron. Tuvo que hablar, dijo todo lo que había pasado… Luego lo condenaron por toda una vida.

16

CUARTA CARTA DE MARCOS

Enero 24/ 1991

Nunca compares el dinero con la humildad. El dinero empobrece y la humildad enriquece. Nadie sabe que el misterio está en el vivo y no en el muerto. Nadie reconoce que la mujer es primaveral. Tu ecuación está fácil de resolver. Todavía tienes una oportunidad. ¿O no sabes que tu belleza es la culpable de que hoy trabaje la tierra? ¿O crees que me olvidé de tu cuerpo desnudo y de tus senos pintados por los luceros del Oriente para dejar de luchar por tu ser?...

No creo que te hayas convertido en una estúpida. ¿O acaso crees que el agua fresca es nada más para quitar la sed y el viento sin sombras para pronunciar versos ocultos? ¡Mira cómo los ojos de la conciencia te buscan! Solo tú puedes devolvernos lo que nos has quitado.

¿Acaso has visto una familia de barro?

Ha pasado un largo tiempo y los ojos de tu tierra no han podido acariciarte ni siquiera un invierno. ¡Jamás pensé que tu sonrisa iba a hablar mentira! Trata de devolverme mi deleite y sepulta mi angustia rebosada de tortura, a no ser que el mal sea ciego y no tenga tiempo para hacer el bien.

17

En el primer viaje que Alondra hizo a la República Dominicana, varias instituciones la recibieron con arreglos florales y la banda de música en la entrada de su pueblo. Estaban ahí la iglesia, Educación y el Ayuntamiento Municipal. Ella se sorprendió con todo eso, no sabía que era tan querida en su pueblo. Su corazón se deleitaba entre la pena y la alegría. Se preguntaba por qué había durado tanto tiempo sin viajar a su país. Miró por el vidrio izquierdo del vehículo, conoció el rostro de un joven que le daba propina en el río cuando cantaba, tocaba la guitarra y la flauta. Mandó al chofer a detenerse, bajó el cristal y lo llamó. Los guardaespaldas a quienes Leo les había dado la orden no solo para que la esperaran en el aeropuerto, sino para que le hicieran compañía y la protegieran hasta ella regresar a su trabajo, no querían que se acercara al chico: sabían que si le pasaba algo a esta mujer, Leo les quitaría la vida a ambos. Alondra se encontró aquella escena ridícula, aun sabiendo que esto podía pasar, pero nunca quiso lastimar a su jefe, por lo que aceptó aquella seguridad y a la vez se sintió bien, porque no sabía que era tan importante para el brasileño. Dijo con toda delicadeza, que no era nada, que conocía bien a aquel caballero.

El joven entró a su moderna jeepeta Ford, color negro, con los cristales oscuros. Alondra lo abrazó, habló con él, le dio un beso en la mejilla, luego le entregó un sobre lleno de dinero. Juan abandonó aquel espacio rebosado de alegría.

Al abrir el sobre amarillo, tenía más de dos mil dólares: se puso nervioso, no podía entenderlo; porque no tenía para comprar los medicamentos que lo mantenían controlado.

Juan Hernández era un joven de baja estatura y de poco peso, de tez delgada y pálida, hizo todos los cursos con Alondra en la primaria y secundaria. Era uno de los jóvenes más inteligentes y siempre la defendía de la crítica de sus compañeros. Su padre era un brillante empresario. Cuando se hizo bachiller lo inscribió en la Pontificia Universidad Católica Madre y Maestra. Su índice seguía excelente, aunque no era tan bueno con los números. El empresario lo presionaba, que no le pagaría los estudios si se le quedaba una materia, donde había una que se le había quedado dos veces por la depresión que tenía y ya Manolo Hernández le estaba exigiendo un récord de notas. Esto tenía al chico muy mal, hasta enfermarse de los nervios y perder la memoria.

Para el señor Hernández esto era una vergüenza, una burla, una humillación de la naturaleza tener a su único hijo loco. Comenzó a dar viajes a los Estados Unidos, luego a Cuba, porque el proceso iba muy lento en el país, hasta perderlo todo. Juan mejoró, pero tenía que comprar medicamentos muy caros para mantener el control y el empresario ya no tenía recursos.

Cuando llegó a su casa, le entregó el sobre a su padre. Él era un hombre recto, que, todo lo que había tenido se lo había ganado con el sudor de su frente y quiso reprocharle, pero el joven no lo dejó hablar y le dijo que fue un regalo que Alondra le había hecho.

El señor Hernández, como ya sabía la historia de aquella dama se sintió mejor. Fue a darle las gracias, pero no pudo verla, luego surtió el almacén de nuevo, su posición económica se estabilizó, su hijo consiguió su salud, luego se graduó en el área de medicina.

Ese día, Alondra se fue con su madre a un hotel fuera de la ciudad, porque tenía en la noche una reunión de negocios.

Hasta el medio día hizo diligencias, porque antes de montarse el avión quería dejarlo todo arreglado.

Después de dejar las cosas en el lugar que iba, siguieron para la casa de su madre. Al llegar a su hermoso campo vio el mismo hogar humilde, pero la casa extensa y blanca que había mandado a edificar en la montaña no estaba habitada.

—¿Y Marcos y los niños? —le preguntó Alondra a su madre, con una sonrisa de alegría pintada en su rostro.

—Bien, muy bien. Están grandes y hermosos, que Dios me los bendiga, pero Marcos se ve desmejorado —le contestó su madre con el deleite y la tristeza plasmadas en los labios.

—Le tengo una sorpresa —replicó Alondra con una mirada profunda, cargada de designio.

Hicieron treinta segundos de silencio, porque ella no había hecho parada en Baní, porque pensaba que Marcos, los niños y su madre vivían en la casa grande de la montaña, desde donde, aunque está lejos, se podía divisar el mar. Esto la hizo sentir un poco triste, pensaba que su familia la esperaría con los brazos abiertos.

—Marcos no quiso, porque se sentía traicionado por ti —replicó doña Carmen—. Tampoco nunca ha querido ponerle la mano a un centavo del dinero que le has enviado.

—Lo sabía, es muy orgulloso —tomó la palabra Alondra—. Pero muy pronto estaremos juntos y le voy a dedicar bastante tiempo.

—¿El dinero que te envié, dónde está mamá? ¿Lo gastaste todo? —le preguntó con palabras suaves, porque Alondra sabía que a su madre le gustaba hacer obsequios.

—No, tengo un buen poco en el banco —replicó la madre de la sirena con un gesto de seguridad y deleite—. El otro se lo doné a los niños pobres y a algunas instituciones, pero se los regalé a tu nombre.

Alondra comenzó a sonreír, dándose cuenta del por qué fue ese tremendo recibimiento.

—¿Y mi guitarra? —preguntó Alondra.

La madre le dio la espalda, entró a la habitación y la descolgó del clavo en el que se encontraba.

—Toma, mi reina —expresó Carmen, con aspecto de alegría.

—Gracias —dijo Alondra.

La agarró, le quitó el polvo con su vestido blanco y largo y luego la besó.

Caminó hacia el río, cuando llegó a la orilla vio la piedra brillar como si estuviera feliz con su regreso, con su éxito. Ella sonrió.

El madero que la llevaba del otro lado de aquellas aguas estaba podrido. Ella se quitó las sandalias con la mano derecha, porque con la izquierda sostenía su instrumento. Se levantó el ruedo de la vestimenta, cruzó del otro lado, caminó hacia el peñasco, acarició la guitarra y luego lo besó; se despojó del traje, de su ropa interior y se quedó desnuda, porque estaba acostumbrada a hacerlo a escondidas de su madre en noches de luna llena. Se sentó sobre ella, luego se puso a tocar el instrumento y a cantar bajo aquella luna sonriente. En ese momento, la noche estaba más clara que nunca. Había un árbol frente a la galería de la residencia, que quería servir de frontera a los rayos del sol, pero ellos filtraban por los espacios de sus ramas; el cielo estaba sereno, la brisa no soplaba con fuerza, pero la noche estaba fresca.

Llegó un momento en el que una nube gigante y gris ocultó la luna, pero el cielo seguía claro… Luego el alba despertó.

18

QUINTA CARTA DE MARCOS

Enero 22/1991

Solo de la noche son los árboles otoñales. Dorada paloma, eres más que ave, eres ángel. Deja de volar en tu mundo imperfecto y pósate en la colina de mi alma… sonrisa de sueño.

No sabías que este amor era un muñeco de cartón mojado de espuma de llanto. No ves cómo el río mana lágrimas de oro y cómo el bosque te manda mensajes con sus hojas… llamas en noche oscura. ¿Acaso quieres quedar en la historia del olvido? ¿No te cansas de bailar tu propia melodía? ¿No tienes miedo de que mueran las raíces del arbusto que te obsequiaba sombra, si ya sus ramas se encuentran secas? Estás soñando un sueño que no existe y conduciendo en un camino sin luz. ¡No es posible que tú siendo mi esposa tenga que soñarte para hacerte el amor!

¿A qué mundo pertenece tu misterio? ¿Acaso no lees las cartas de la primavera ni oyes la voz del verano ni los versos del otoño; ni los latidos del corazón del invierno ni la voz de tu guitarra ni la pena de tu flauta ni el aroma de tus predilectas rosas que decoran la pra dera?

¿En qué mundo tú estás encarcelada, condenada?

¿No deseas tocar tus instrumentos sentada en el peñasco que te espera a la orilla del río?… Tal vez odias este lugar, porque ahí fue donde me conociste.

19

Sacha no estaba de acuerdo con la llegada de Alondra. Decía que le había arrebatado el puesto que le pertenecía y que había esperado por ocho años, que nunca la perdonaría y tampoco a Leo. Veía aquella posición de Alondra como un obsequio, pero Alondra no la observaba de esa manera. Decía en una de las páginas de su diario, que en la vida nadie le regalaba nada a nadie, que el ser humano se ganaba las cosas entregando su espíritu y con el fundamento de sus principios; que se había ganado aquella posición por su comportamiento, que abarcaba como principio la humildad, el respeto y lo justo; que la tierra devolvía los frutos según la semilla que se haya sembrado y que la universidad te entregaba el pergamino según la carrera que hayas cursado, que tu pueblo narrará tu historia, tu propia historia, y te regalará lo que tu alma le haya regalado.

Sacha y Alondra vivían en uno de los apartamentos del jefe. Alondra tenía una mansión y aceptó vivir allí porque era una exigencia de Leo. Sacha era la más vieja en el negocio, por lo que tenía ese privilegio.

Veía el buen trato que aquel trigueño le daba a aquella reina, escena que la saturaba de celos aun viendo lo amable, lo respetuosa y lo generosa que Alondra era con ella. Alondra la quería como a un familiar, ya que nunca en su vida había tenido la oportunidad de compartir con una amiga ni en un hogar con una hermana, algo que sabía valorar.

A los quince días de la diosa haber llegado a aquella ciudad habló con Sacha, para que le depositara las cartas a su madre y a su esposo, ya que en el día se encontraba cansada y lo pasaba durmiendo. Ella solo depositaba las de su madre, y las de su marido las arrojaba al fuego; y así lo hizo todo el tiempo aun Alondra teniendo la confianza de dejarle sus compromisos en sus manos.

Leo tenía que trabajar en la calle, viajar de Estado a Estado en reuniones de suma importancia, por lo que no la quería trabajando en el negocio; solo la necesitaba para que lo atendiera con su ropa y la comida. A Leo no todo el tiempo le gustaba comer en la calle. Decía que era muy peligroso, además, Sacha era una artista en la cocina.

Revisar la cámara de seguridad que abarcaba el parque, el ascensor, la escalera del edificio y la puerta principal del apartamento, haciéndole una llamada en caso de cualquier movimiento extraño que ella viera.

Cuando Sacha iba a beberse unas copas a El jardín y veía cómo los clientes gritaban como niños por Alondra, la llamaban, la deseaban, vociferaban, "que quién había edificado unos pechos tan perfectos, que si sería Poseidón, el dios del mar y de las tormentas". Su melena de cobre, que todo el tiempo cubría su rostro, su ombligo, su excelente cadera y sus glúteos redondos y bien formados, ella quería enloquecer.

No había duda de que Alondra era la mejor bailarina en El jardín por su distinguido estilo: una máquina de hacer dinero. Al menear las caderas lo hacía con sensualidad, tan sensual que jamás había pasado una bailarina de aquella naturaleza por aquel lugar que lo hiciera como ella... Dicen que es hija de un ave, dijo un señor extraño, blanco, vestido de negro. Los demás, al oír esto aplaudieron y sonrieron... Sí, sí, así es, tiene que ser así, dijo uno de ellos y echó una carcajada.

Su estilo enfocaba como que su ser no bailaba para un público, sino que lo hacía para su alma. Vivía la música, muy pocas veces le miraba la cara al cliente, hacía esto como si no fuera un trabajo, bailaba por bailar, lo hacía para ella y eso era lo que la engrandecía en estos tubos.

Pero aún con todas estas condiciones, Sacha seguía luchando por la posición en la que se encontraba aquel modelo. Quería que Leo le diera la oportunidad, pero él no veía en ella las cualidades necesarias; cuando la observaba, por encima de la ropa le veía la ambición, se creía más hermosa que todas las mujeres, aunque lo era hasta que llegó Alondra. Se sentía mejor que los demás empleados, les hablaba mal por aquella posición en la que se encontraba y esa forma le podía traer problemas en la compañía a Leo. En Alondra veía todo lo contrario: estaba rebosada de justicia, era respetuosa, amable, especialmente con Sacha, sentía vergüenza con las demás amigas por la posición que había adquirido, pero lo del cargo no había sido decisión de ella.

Leo estaba orgulloso de Alondra, porque era incapaz de cogerle un dólar y de hacerle daño a nadie. Siempre se preocupaba por hacerlo bien, nunca le llamaba la atención porque nunca hacía las cosas sin consultarlas con él, siempre era puntual en el negocio, si no podía hacer el trabajo en la hora que le correspondía, lo hacía en horas extras.

Leo tenía negocios legales, pero también tenía negocios negros. Le puso una cuenta a Alondra en el banco, para resolver cualquier inconveniente con la Justicia y para cualquier otra necesidad.

Después de la llegada de aquel ángel se sentía seguro, dormía mejor y tuvo más éxitos en los negocios.

20

Una mañana, Alondra se puso a leer el periódico y se encontró con un titular que decía: "DOMINICANO ILEGAL CAE PRESO POR ROBO". Cuando vio la fotografía de aquel caballero lo reconoció… era David Zarajo, un hijo de su pueblo.

Zarajo era un joven de unos veinte años, de baja estatura, musculoso, de tez color bronce, labios voluminosos, ojos marrones, cabellos gruesos, tenía vicio de drogas y era atracador; si trabajaba en una compañía siempre quedaba mal, porque lo cancelaban por robo.

Un día, un amigo le había conseguido un trabajo en una gasolinera, le dieron confianza hasta darle la oportunidad de que cerrara el negocio. Una noche dejó la puerta abierta, fue en la madrugada y se llevó once mil dólares, luego hizo un viaje a la República Dominicana. Cuando gastó el dinero, andaba pidiendo para comer. Un amigo de Higüey, con quien había hecho atracos, lo llevó a Puerto Rico en una lancha, desde donde regresó a Nueva York, para continuar llevando la misma vida. Una tarde, el hijo del dueño de la gasolinera lo vio en un billar, llamó a la policía y cayó en prisión.

Alondra le pagó la fianza y algo más para que no lo deportaran. Se lo presentó a Leo. Él le dio trabajo como seguridad en El jardín. Este lugar no era muy grande, pero era hermoso: en la entrada tenía el mapa de la isla, la puerta principal quedaba en el río que hacía frontera entre República Dominicana y Haití, en el pasillo había un cuadro con una mujer desnuda, una Venus cubriendo su busto con su antebrazo izquierdo y su manzana con la mano derecha; el piso era de piedra amarilla con gris pulido, las paredes estaban forradas de madera de palma, pintada de barniz, la pista quedaba a tres pies más alta que el pavimento: era amplia; con dos tubos, uno en la orilla y otro en el centro. La oficina de Leo estaba oculta en un sótano, que se encontraba ubicado debajo de la cabina, la entrada estaba debajo de una alfombra, las paredes decoradas de ladrillos antiguos de color rojo y por una pintura brillante color amarillo; en el fondo contaba con cortinas rosadas y rojas, en la del lado derecho había un cuadro bien amplio del Sagrado Corazón de Jesús y a la derecha una pintura muy difícil de leer; pero según Alondra, enfocaba un túnel y al final la gloria; el escritorio era de una caoba antigua, arrojando color negro, de nueve pies de largo que contaba con un espacio en el medio y en ambos lados amplias gavetas, tenía un cristal, en él había un león de un pie de tamaño de color amoratado y debajo estaban las fotos de los fundadores del negocio.

—Tu vida tiene que cambiar, para que crezcas en este negocio —le dijo Alondra, con gesto triste y de seriedad—. Este es el negocio más serio del mundo, uno no puede fallar.

David se quedó en silencio, sin expresar una palabra,

ni siquiera una señal con los ojos. Quedó impresionado con aquel ángel, porque nunca había tenido la oportunidad de estar al lado de una persona con esas peculiaridades: sana, de voz suave y amable… Así fue, no había encontrado a alguien que lo aconsejara, que le diera la oportunidad de que reconociera que era importe en la vida y de que se sintiera ser humano.

Alondra ayudó a David, porque el alma de la sociedad no te condena porque hayas cometido errores; te condena cuando no haces el esfuerzo de superarte para no continuar cometiendo aquellos errores. Ella lo vio como lo que era como un ser humano que significa máquina de errores.

Dijo en su diario: "Cuando la ignorancia habita en esos seres que, su cultura no pudo regalarle el conocimiento de los mandamientos del saber porque es una cultura exigua e inherente, que tiene ojos, pero que está ciega"; o sea, Alondra no discriminaba a aquellos seres, los catalogaba como seres imperfetos cuando se habla de educación, pero a la vez los consideraba como máquinas para buscar la perfección, siempre y cuando el Creador de los cielos les obsequiara la oportunidad para tener roses con otras culturas que tengan ojos, pero que vean.

El último sábado de aquel mes de diciembre, Leo invitó a Alondra a la boda de un alto funcionario de aquel negocio organizado. Sacha, celosa, le dijo a Roberto que Leo había guardado en el auto una buena suma de dinero.

Leo era el empresario mejor vestido de la ciudad de Nueva York. Invitaba a Alondra a fiestas de suma importancia porque además de que lo representaba, era una mujer de respeto. Se sentía orgulloso cuando andaba con ella.

Ese día le había regalado un vestido negro, el primero que había tenido en su vida. Era hermoso, realzaba su alto busto, dejaba su espalda blanca desnuda: apenas se le veían los tobillos; tenía un escote encima del muslo izquierdo, no muy lejos de su ropa interior que cubría su escudo.

Al llegar a aquel lugar completamente de lujo, con piso de mármol crema, columnas gigantes vestidas de yeso y escalones amplios para subir al segundo nivel.

Cuando los invitados contemplaron a aquella Musa,

hubo un minuto de silencio: nadie hablaba; pero el gran capo no aguantó, dejó a su esposa y se acercó a Leo y a aquella mujer, a quien había observado como una diosa.

—¡Hola, Leo! —expresó Dantón del Río con una sonrisa fresca y amable en los labios.

—¡Hola, Dantón! —tomó la palabra Leo, con un deleite plasmado en su semblante—. Ella es Alondra.

—¡Hola! —saludó Alondra, con amabilidad.

—¡Hola, Alondra! —Saludó Dantón con cortesía de nuevo—. Es un orgullo, más que un placer, el haberla conocido… Permiso, mi corazón. Quedas en tu casa.

Dantón abrazó a Leo y caminaron hasta separarse a unos metros de Alondra.

—¿Quién es esa mujer? ¿De qué océano sacaste esa sirena? Si me la hubieses presentado un día antes, hoy la boda fuera con ella y no con Yolainy—. Luego sonrieron.

—Es mi amiga de confianza, la quiero con todo el alma —replicó Leo con actitud de orgullo—. Le he entregado la contabilidad del negocio.

Se abrazaron de nuevo, sonrieron y luego fue a encontrar a la mujer que había dejado al jefe entumecido. No pudieron entrar con el vehículo a la mansión. Lo tuvieron que dejar en el parqueo de afuera, lo mismo que deseaba Roberto. El federal ubicó los dos hombres que trabajaban como seguridad en aquel lugar, se encapuchó, se ocultó detrás de un automóvil e hizo una pequeña bulla; el que se encontraba al lado del carro de Leo le dio con un tubo en el mentón, partió el cristal de la puerta del lado izquierdo y se apoderó del dinero. Al terminar la fiesta, Leo vio aquel desorden. Pensó que era uno de sus hombres de confianza y comenzó a investigar, no por el dinero, sino por su seguridad. El hombre que la cámara de seguridad presentaba estaba encapuchado. Le pidió a quien dirigía aquel departamento que lo acercara, que casi podía identificar quién era; así fue, lo reconoció por un tatuaje que tenía en el cuello, pero se quedó en silencio, no le dijo a ninguno de los hombres que se encontraban en aquel espacio, solo a Alondra, porque era de confianza. Pero ya era un poco tarde, lo había mandado a entregar una mercancía.

David se había convertido en un hombre trabajador, serio y respetuoso. Cuando no había ambiente dentro del negocio iba afuera a ver cómo caminaban las cosas, y todo eso le gustaba a Leo.

Una noche, en El jardín había dos narcos discutiendo por una mujer. David se acercó a hacer su trabajo.

—Por favor, no quiero problemas en el negocio —se expresó David, en forma de paz.

—¿Quién eres para llamarme la atención? —tomó la palabra El Bolo, preguntando con gesto de ira.

Cuando sacó la treinta y ocho especial plateada, de cañón corto, dispuesto a dispararle al otro capo, David se lanzó con gran rapidez, le quitó el revólver, le sacó los tiros y luego se lo devolvió.

—Le dije que no quería problemas —replicó de nuevo David, con un aspecto de paciencia pintado en su semblante.

Al Leo darse cuenta de que el chico había desarmado a un hombre tan respetado y peligroso en ese espacio, le dijo que ya no trabajaría en la disco, que iba a ser su guardaespaldas, además, andando con él, El Bolo lo respetaría.

Dijo que ese capo jamás perdonaría que aquel infeliz lo hubiera desarmado. Quitarle las balas al arma, luego entregándosela, que eso era una humillación horrenda e irrespetuosa para un hombre de su nivel. Además, esto hervía en toda la ciudad de Manhattan y todos los capos querían conocer a David: hasta los niños de las cuadras. Pasaban los días y aquella escena seguía endiosando a este joven, lo que edificó en aquel matón tormentas de ira.

El chico duró dos meses acompañando a su jefe. Leo lo promovió de rango, porque vio que David no conocía el miedo.

Un viernes diecinueve David cumplía años, le dieron el día libre y se fue para un billar que quedaba a dos cuadras del negocio.

Ya tenía más de dos horas jugando y bebiendo con todas las chicas de aquel lugar, porque era reconocido como un héroe, se había convertido en un ídolo, no solo por aquella demostración de valentía, sino por el hombre para quien trabajaba.

Uno de los individuos que trabajaba para EL Bolo le avisó donde se encontraba el hombre que le había faltado el respecto. Aquel narco llegó al billar con cinco sicarios, caminaba encima del joven. El guarda espaldas de David intentó sacar la pistola, los hombres de El Bolo le dispararon y le pasaron una bala en el corazón. El Bolo continuaba avanzando, caminando con gran rapidez y con la mano derecha oculta en su espalda. David guapísimo, a quien no le gustaba estar armado lo observaba con su semblante engruñado y abarrotado; su enemigo sacó la mano del lugar donde se encontraba y lo sorprendió con una bala explosiva en la cabeza, con el mismo revolver que le había quitado y luego se lo había entregado. David, al ver aquella escena, así muriendo le fue encima con el rostro como un toro, pero el capo le introdujo dos tiros más en el pecho.

El Bolo sabía que eso le traería problemas, porque ya Leo se lo había advertido, y se fue a vivir para Pensilvania, a la residencia de sus padres.

Cuando Leo oyó esta horrorosa noticia se exasperó pensando en venganza, no solo por la muerte del chico, sino porque le había faltado el respeto quitándole la vida a dos de sus hombres.

Habían pasado dos meses, Leo no se acostumbraba con la ausencia de David, porque lo mantenía alegre con las historias que le hacía. Había comenzado a contarle su vida, un relato insólito, muy triste, que después de su día libre le contaría el final.

Leo mandó a sus hombres a investigar el paradero del asesino. Una vez lo ubicaron, él mismo fue a la residencia y derribó la puerta principal. El Bolo estaba viendo televisión en la sala. Cuando vio a Leo, sus ojos brillaron como dos luceros, querían salir de su lugar. Intentó sacar una pistola que tenía debajo del cojín del mueble en que se encontraba sentado, pero antes de tocarla, ya tenía una bala en la cabeza.

El padre salió de la habitación con una doce, porque tenía conocimiento del problema. Leo quería escapar, pero el viejo lo acorraló, lo apuntó, luego le disparó, pero ya el brasileño se había tirado al piso y una bala le había atravesado el corazón a su adversario.

La esposa salió gritando y se arrojó en la alfombra blanca, manchada de sangre a abrazar los cadáveres. A Leo le dio pena de lo que había pasado: nada más quería a El Bolo, sabía que sus padres no tenían que ver con nada de esto; pero entendía que aquel mundo estaba hecho de esa manera.

22

EL DIARIO DE ALONDRA

Nunca he podido ser lo que quiero ser. Soy cultura de mi mundo y quisiera ser cultura del mundo donde vivo. Sé que soy superior por los sentidos que tengo de más. No sé quién soy, no sé si soy una inseminación o si mi nacimiento es natural. No puedo determinar cuántos idiomas hablo, no puedo medir hasta dónde llega mi inteligencia, solo sé que vivo en la tierra, me desarrollé en ella, pero mi cultura no es de ella. No quiero ser así: no quiero soñar el futuro; quiero que llegue a mí en el momento en el que tenga que llegar. Quiero sonreír, cantar con el deleite y la libertad con que lo hacen los demás. Quiero orarle a Dios, no con el nombre que aquella cultura ha de darle, sino con el nombre que esta cultura lo expresa: Jehová…

Si habito y pertenezco al mismo universo, ¿por qué veo más allá que los demás?

No es bueno que un ser le sonría a la soledad, fingiéndole, haciéndole creer que su corazón es feliz sin serlo y que su llanto es llanto de comedia.

23

Ya Leo y su gente habían hecho cambio de vehículo tres veces. Ese día, el chofer estaba en silencio: tenía presentimiento, no decía nada; porque para él su trabajo era conducir y no meterse en los asuntos de los negocios, aunque su jefe le había dado la confianza.

Al terminar las negociaciones en Virginia, que era uno de los lugares que más le dejaba dinero a la organización, cruzaron el puente George Washington. Cuando se encontraban ubicados en la calle 178, Papo se detuvo por quince segundos y se puso a pensar por dónde le quedaría más cerca, ya que por donde ellos acostumbraban ir al hogar de Leo, a esa hora el tránsito estaba congestionado.

Pensó en el Parque Central, que si esa no fuera su ubicación se le haría más fácil llegar al edificio.

Continuó. Entró a la calle Broadway, estaba congestionada con el tránsito como Papo lo había calculado, y con muchas dificultades entraron a la calle 59, luego a la Quinta Avenida, que era donde estaba ubicada la torre de Leo.

En aquel momento, todo estaba en silencio. Papo tenía la piel erizada, lo de nunca. Miraron el edificio, el más elevado en aquella zona y el único que se permitió edificar con aquella altura, ya que en ese espacio estaba prohibido edificar una torre de aquella magnitud.

24

Alquilania era una mujer de unos treinta años de edad, alta, de cuerpo exacto, de piel oscura y rostro brillante. Vendía ropa en el pueblo de Baní y le iba muy bien. Su marido trabajaba la tierra, y ambos fueron perjudicados por el huracán Emily. El año anterior, la sequía había marchitado todas las siembras.

Aquella mujer empezó a endeudarse, por la vida derrochadora que llevaba; especialmente con la compañía el cual tenía mayor crédito. Había poco circulante en aquella ciudad por el caos de aquella tormenta; lo que producía apenas le daba para comer. Alcides Encarnación, al ver la desesperación de su esposa, se fue a la provincia de Nagua, su pueblo natal, en busca de mejoría.

Habían pasado cuatro meses y Alcides no le había enviado nada de dinero a su familia e incluso ni una carta. Llegó un momento en el que Alquilania no tenía ni azúcar para endulzar un poco de té, por lo que cada día su desesperación se incrementaba. Cuando los vecinos veían cómo sus niños gritaban de hambre, cooperaban con ella en lo que podían. Les decían que no se desesperara, que su marido era un buen hombre, que pronto regresaría, que en Nagua la tierra era productiva y que aparecería con suficiente dinero para resolver los problemas de su hogar; pero ella nada más pensaba en que él se había buscado otra mujer.

Alquilania duraba hasta tres días sin poner un caldero en el fogón y cuando cocinaba no era gran cosa. Durante años no usaba la cocina del patio, que era donde tenía el brasero, solo utilizaba su estufa.

No quería continuar aceptándoles favores a aquellos campesinos, porque era una mujer orgullosa. Además, cuando estaba en buena posición era presumida, burlona y mezquina: no le hacía un favor a nadie, de modo que no resistía que aquellos infelices le dieran comida, por lo que se sentía humillada.

Cinco meses después, Alquilania fue a la única pulpería que había en Agua Dulce a buscar un galón de gas a crédito. El señor Bartolo, quien era dueño del negocio le dijo que tenía demasiado dinero regado en la comunidad, que lo sentía. Ella se fue con el corazón en las manos, avergonzada. En el camino se encontró con un caballero que le llamaban Máximo, quien le debía un dinero de una ropa que le había fiado, y a quien, cinco días atrás, le había hecho exigencia para que le pagara pero que no pudo en ese momento. Ese día, cuando aquel joven le observó el rostro a aquella mujer, se dio cuenta de que tenía insondables problemas, le preguntó por su salud y ella le contó su historia, luego él le dio para que comprara el gas.

Cuando llegó triste a la casa, sin esperanza, acabada espiritualmente por aquella humillación, sacó un martillo que estaba dentro de una lata de leche oxidada con unos cuantos clavos que también se encontraban en las mismas condiciones. Le dijo a los niños que entraran a la habitación, los ocultó debajo de la cama, salió a la galería, le puso candado a la puerta principal, luego le introdujo más clavos en toda su orilla; clavó cada una de las ventanas por fuera, asegurándolas de que no se abrieran con facilidad; le quitó el portacandado que tenía un viejo baúl de su marido, que contenía algunas herramientas de trabajo, se lo puso a la puerta de la cocina por dentro, luego le colocó el candado. Después de haber cerrado todo, tiró las llaves en el inodoro, agarró el galón de gas con sus delgadas manos y empezó a echarle a los rincones de la casa; entró a la extensa habitación de los niños, repitió la misma escena, luego entró a la de ella y también continuó echándole combustible.

El hijo mayor se dio cuenta de lo que estaba pasando, salió debajo del lecho y corrió hacia fuera de la habitación. Alquilania trató de detenerlo pero no pudo, sacó la caja de fósforos que cargaba en el bolsillo derecho de su negro pantalón, la abrió, rayó uno de ellos y encendió una esquina de su alcoba, luego dejó caer el fósforo encendido encima de la cama, se introdujo debajo de aquel dormitorio y abrazó los niños.

Alno, su hijo mayor, llamaba a los vecinos, gritaba, luchaba por salir de la casa, pero no podía, la residencia estaba bien asegurada. Los demás niños también gritaban con aullidos, ella sin compasión les decía que se callaran, que todo era por culpa de su padre, por haberlos abandonado.

Un señor llamado Amado, quien pasaba en ese momento por el camino principal vio la vivienda en llamas, les pidió ayuda a los vecinos, buscaron agua, apagaron el fuego y luego entraron a aquel espacio que aún no dejaba de arrojar humo, pero ya era demasiado tarde. Aquellas criaturas junto a su madre se encontraban carbonizadas, especialmente la hembra, quien no se conocía. Estaban debajo de su mamita, como si estuvieran buscando protección. Faltaba uno, ese era Alno, pensaban que no se encontraba en la casa durante el incendio. Continuaron la búsqueda y lo encontraron debajo de su dormitorio que también se había convertido en cenizas. Estaba encandecido; fue el último en morir: su semblante pegaba con sus rodillas. Cuando se encontraba en la cocina por abrir la puerta, vio que las llamas lo seguían, entró a la habitación y también se ocultó debajo de su lecho para protegerse del techo cuando empezara a caer.

Un mes después del incendio, Alcides, el esposo de la hermosa Alquilania, apareció con un vehículo de casi un millón de pesos y con dinero suficiente para que su familia no pasara más trabajo. Había conseguido la herencia de su padre… Este fue el caso más penoso en ese año en todo el sur. Alondra, a pesar de sus problemas económicos cooperó no solo con los familiares de Alquilania, sino con toda la comunidad, donde durante meses fueron lastimados por aquella crisis.

25

QUINTA PÁGINA DEL DIARIO DE ALONDRA

Los seres humanos se convierten en niños cuando habitan en el castillo del amor. Se sienten libres, pero están encarcelados en aquel mundo, una cárcel donde están orgullosos de ella. Se sienten más fuertes, pero son controlados por el destino que han escogido; se sienten robustos, pero en el fondo de su corazón habitan debilidades, sin lograr entender por qué el adversario los lastima y logran perdonarlo.

Viajan a lo más profundo del pensamiento de su alma, sin encontrar explicaciones de por qué, a veces, fallan aun conduciendo en el camino de los buenos sentimientos.

La pasión no es el amor; la pasión no es más que un sueño que el apasionado quiere convertir en realidad: de ella puede nacer el amor, también el dolor, lo dulce, también lo amargo.

La humildad nos regala a los seres humanos los frutos más dulces de su vida. Nos ayuda a reconocer que somos importantes, siempre y cuando dejemos entrar a Dios en nuestra alma… El que no es humilde será encarcelado en la prisión de su pena, tejiendo a través de un proceso una venda de injusticia, siendo juzgado por su inconsciencia. Seguirá habitando en la oscuridad, viviendo en su propio dolor, hasta reconocer que ella existe; se consumirá en su mundo imperfecto, al final, en su pensamiento habrá erupción y su espíritu será destruido.

Aunque rechaces la humildad ella siempre estará cerca de tu ser, sin compartir el mundo imperfecto en el que habitas… Si aquel corazón busca el camino para llegar a ella, entonces, ella vivirá en él: su ley es ser amado por el amor mismo; se encuentra en lo más hondo de nuestro interior, le da más vida al corazón que el corazón a ella… La humildad es la esencia del alma.

26

Alondra tenía quince años y su madre no la responsabilizaba con ningún tipo de trabajo en la casa. No la ponía a lavar los platos, porque el detergente la podía enfermar; tampoco en la cocina, porque podía quemarse, por lo que le regalaba más tiempo para dedicárselo al río.

Ana, quien se encontraba en buena posición económica, siempre estaba detrás de la madre de Alondra para que se la diera y viviera en su casa, porque los estudios, de esa manera, le saldrían más cómodos. No pudo lograrlo, pero siempre iba a aquel hogar porque era loca con el sazón de Carmen Peñalosa. Además, estaba sumamente enamorada de aquel lugar, decía que allí encontraba paz.

En su último viaje, antes de marcharse a los Estados Unidos, le dijo a su amiga que iría para su casa el último fin de semana de aquel mes de agosto.

La señora Peñalosa tenía esa fecha presente. Ese día se levantó temprano, fue al río, se bañó, regresó a su casa, se vistió y luego se fue al pueblo a comprar los preparativos para la comida.

Carmen se enfermó en el mercado por el afán de vida que llevaba. Una doña llamada Nena, quien la conocía y quien tenía su negocio en aquel lugar, la vio en las condiciones en la que se encontraba. Se le acercó, la sentó en una silla de hierro, llamó un señor quien tenía una guagua, por su puesto, amigo de ella, y la llevó al hospital.

La señora Peñalosa se sentía desesperada, porque había dejado a Alondra sola, además, tenía visita. Miraba el reloj blanco, con números romanos, color oro, que estaba colgado en la pared de concreto. Le quería decir algo a Francisco Arroyo, pero estaba demasiado lejos. Cuando el doctor Arroyo vio aquella señora, quien con la mirada le pedía algo, se le acercó.

—Señora Peñalosa, ¿se siente mejor? —Le preguntó el doctor Arroyo con actitud de amabilidad—. Pronto estará bien con los medicamentos que le pusimos.

Ella le explicó lo desesperada que estaba. Él la entendió y la mandó a su casa.

Cuando llegó a su humilde hogar, encontró la mesa decorada como nunca: mantel blanco, un jarrón de rosas y más de cinco platos diferentes que Alondra había preparado con una compra que la señora Ana había llevado.

—Qué vergüenza —expresó Carmen cabizbaja, por lo de la compra, pero feliz a la vez, por el desenvolvimiento de su hija.

—No, no es nada —dijo Ana con amabilidad, al tomar la palabra.

Desde ese día, Alondra compartió los oficios de la casa con su madre.

27

El huracán Emily se formó el domingo veinte de septiembre en horas de la noche en el Atlántico, penetrando el lunes en aguas del mar Caribe.

El martes en la mañana, las pequeñas gotas acariciaban la ciudad capital, hasta el mediodía por igual. Ya a las seis y treinta las pequeñas olas se habían convertido en agigantadas.

A las diez, entraron los vientos y los fuertes aguaceros causando ráfagas de aquellas brisas, destruyendo el campo y el pueblo con algunas inundaciones.

El huracán penetró la noche del martes 22 de septiembre de 1987 por la costa suroeste, con vientos de unos 210 kilómetros por hora.

Para San Cristóbal, Baní, Azua y Barahona, Emily fue una bendición, ya que se encontraba una horrorosa sequía, que marchitaba los árboles de esas zonas; sin embargo, en Baní, el huracán destruyó más de seis mil tareas en la agricultura en una gran parte de ésta se encontraba la siembra de Marcos... Según las investigaciones que hizo el historiador, catedrático, sociólogo y

periodista, Juan Francisco Armando Almánzar, publicado en el periódico Listín Diario.

28

OCTAVA PÁGINA DEL DIARIO DE ALONDRA

Debemos creer en el amor, porque el amor somos nosotros mismos. Si creemos en él, entonces para nosotros existimos.

No es culpable la sociedad de ignorancia infinita, de que algunos seres humanos no tengan conciencia acerca del concepto amor. No es culpa de ellos el hecho de que no encontraran un agricultor que sembrara este afecto en su corazón. Hay que amar más para ser más feliz, porque para vivir Dios hizo este sentimiento; por ende, el que no ama no existe: está muerto.

Los habitantes del planeta tierra ven el amor de una manera extraña: aman más cuando hacen contacto con la materia; el amor yo lo veo en mi sueño como una torre de espíritu. Ningún ser debe correrle a este apego. Entonces se apartaría de su propio ser, de su propia naturaleza, de lo que es en sí... Se escondería de la humildad. ¿En qué mundo viviría para poder ocultarse del amor, para poder ocultarse de sí mismo, si el amor siempre tiene las puertas abiertas para recibir los corazones, donde encontraremos reposo y paz?... El amor es el arma apropiada para vencer las adversidades.

El que no ama vive atormentado. ¡Qué hermoso es servirle al amor! Es mejor conocer el amor y ser esclavo de él y no ser esclavo de la ignorancia. El amor temporal solo existe en el marco de la humildad. Si un ser es acorralado por ella, tendrá la oportunidad de conocer su propio corazón, sin encontrar la vara para poder medir la inclinación que habita en él. El amor no utiliza sus alas para elevarse porque él es la cima.

El ser que no es humilde sueña su propio sueño, su propio amor. El que habita en aislamiento de este afecto siempre actuará como un extraño: compartirá su mundo con la arrogancia, con la miseria espiritual; dudando de sí mismo, dejando de vivir en su propio ser como humano.

Hay que amar porque es lo único que te da seguridad, es el único camino, la única razón para aprender a quererte y querer a los demás. El amor le da vida al amor, esta inclinación lo es todo.

¡Creo que me conozco a mí misma si conozco el amor!…

¿Cómo voy a ser una extraña para mí? ¿Por qué el amor de los seres humanos hacia las fantasías es más fuerte que el que le tienen a Dios si Él lo edificó todo?

La felicidad no está en la oscuridad, es como un objeto ya estudiado por la filosofía que existe y que no es difícil de ver ni de tocar, como una pintura perfecta que ha de estar en exhibición, que no se vende pero que puede ser tuya… En realidad, no quiero ser dueña del amor, sino unirme a sus sentimientos.

29

Dantón era dominicano, oriundo de la provincia de San Pedro de Macorís. Siempre le decía a su hermano que lo llevara a los Estados Unidos, pero él le decía que no quería que tuviera aquella vida en la que se encontraba involucrado; además, sabía que Dantón le podía traer problemas, porque era un hombre desordenado. Dantón le dijo a su madre que se suicidaría si no le daba veinte mil pesos para irse para Puerto Rico. Ella entró en pánico y se los buscó.

Una noche antes del viaje, se enamoró de una mujer de La Romana, quien también iría en la misma embarcación y gastó los dólares con los que se movería al llegar a aquella isla. Al tocar playa boricua, fue protegido por dos días en la casa del capitán de la lancha como se lo había prometido.

Tenía presentimientos de que no le iría bien en aquella tierra, de que tendría que volar a la ciudad de Nueva York a encontrar a su hermano gemelo, pero había gastado el dinero de aquel viaje. Salió en la noche bajo un aguacero y al primer viejo que encontró en la calle le dio en la nuca con un tubo que había encontrado en la casa del capitán y lo dejó por muerto; le sacó la cartera de uno de los bolsillos del pantalón, donde consiguió trescientos dólares, y así lo hizo con varias personas en esa semana.

Al llegar a Nueva York, se dirigió donde su hermano, que lo amaba más que a sí mismo. Éste lo recibió con todo el homenaje. Sí, lo trató muy bien, le enseñó la ciudad porque sabía a qué había llegado a ese lugar. Le presentó uno de los capos de mayor prestigio, le dijo lo viril y decidido que era.

Siempre se mantenía en comunicación con Yolainy Serrano, la mujer que amaba con locura. Le prometía que iría a la isla y que la llevaría a Nueva York, que llegaría el momento, que primero tenía que organizarse.

Dantón se estaba ganando la confianza del narcotraficante que su hermano le había presentado. Le había hecho varios trabajos a aquel capo colombiano con el que nadie quería hacer negocios, incluyendo a su hermano, porque todos le tenían pánico. Seis meses después, lo mandó a buscar una mercancía. Al llegar lo detuvieron y lo revisaron. Aquellos hombres se burlaban de Dantón con carcajadas diciéndole principiante, sin tener conocimiento de que ya aquel novato lo había planeado todo. Entró al apartamento que se encontraba en el tercer nivel. En pleno negocio contemplaba cuál era el arma de la que se apoderaría con más facilidad. Todos las tenían ocultas, excepto uno que exhibía su pistola encima de una mesa y otro que estaba en sus espaldas poseía una escopeta calibre doce para inyectarles terror a los clientes cuando llegaban.

Cuando cerraron el negocio, Dantón dio un salto encima de aquel hombre y se apoderó de aquella arma larga. Intentaron sacar sus mágnum 357, pero antes de eso suceder, ya tenían sus pechos perforados por los perdigones de aquel instrumento de dolor y de muerte. Los demás sí tuvieron tiempo, se fueron a intercambio de disparos, Dantón asesinó a uno de ellos y el compañero quedó herido. Los dos porteros entraron. Uno de ellos, al ver a su hermano muerto gritó con aullidos, perdió el control y empezó a disparar desordenadamente pero en la balacera cayó derribado al impáctale un proyectil en la frente. Víctor Mesa escapó. Dantón se llevó el dinero y la mercancía.

Una semana después, se fue a Puerto Rico en busca de Yolainy Serrano, quien no salía de su pensamiento, con quien luego contrajo nupcias.

Allí conoció a El Pulpo, el cuñado de su mujer. Uno de los capos más grandes de San Juan. Hicieron buena amistad. Desde el principio, Dantón le cayó en gracia a ese caballero. Éste le dio confianza, le enseñó algunos amigos del negocio en la isla, lo que le permitió aumen tar su capital.

El Pulpo tenía dos hombres de confianza. Eran dominicanos, de la ciudad de Higüey. Todo lo que ellos tenían lo habían conseguido con su patrón. Eran los que cuidaban la mayor parte del dinero de aquel boricua. Según El Pulpo, eran doce millones de dólares disponibles para los negocios que se presentaban de urgencia.

Hubo un fin de semana en el que El Pulpo cogió para la frontera de México a asuntos de negocios. Cuando llegó a su mansión, Chiquito y Edwin no se encontraban. Habían forzado la caja fuerte y se habían llevado todo el dinero.

El Pulpo se sintió mal, no solo por la cantidad de dólares que se habían llevado, sino por la traición que le habían hecho sus mejores amigos.

Ese mismo día, Dantón visitó la residencia de El Pulpo y éste le contó lo que le había pasado. Dantón se puso furioso e hizo que ellos se armaran y empezaron a buscar por toda la ciudad; pero a través de la búsqueda tuvieron conocimiento de que habían alquilado una lancha para un negocio, con la que se fueron hacia la República Dominicana.

Al llegar a aquella mansión cargado de ira, Dantón le dijo a su amigo que, si estuviera legalizado haría un viaje a su país y los asesinaría a ambos.

Dos días después, El pulpo le dijo a Dantón que harían el viaje a la República Dominicana en una lancha rápida, para buscar a aquellos perversos, y así lo hicieron.

Al llegar a la isla, se dirigieron a la ciudad de Higüey y se hospedaron en un hotel en las afueras. Al amanecer, El Pulpo quería ir, pero Dantón le dijo que no, que iría solo, que de aquella manera las cosas saldrían mejor, porque ellos no lo reconocerían; los capturaría y se los llevaría con vida.

El Pulpo, a pesar de que Dantón ya los conocía someramente, le dio fotografías para que no cometiera errores. Investigó donde vivían, los esperó a dos cuadras de su casa durante horas en una camioneta Ford, azul cielo, de doble cabina, con los vidrios oscuros, mirando con unos binoculares hasta que uno de ellos saliera.

Cuando dieron las once de la mañana, Chiquito salió con su Ferrari. Dantón lo siguió. Su víctima entró al Car Wash a lavar su auto. Dantón entró a aquel negocio, se desmontó del vehículo, caminó hacia él con gran lentitud, disimuladamente, le apuntó a la cabeza; le dijo a los hombres que le cuidaban las espaldas: "Que nadie se mueva, soy policía". Les enseñó una placa que le había quitado a un militar en unas patronales, mientras le apuntaba con una pistola ilegal que le había comprado a un haitiano en tres mil pesos, para hacer atracos cuando vivía en aquella tierra. Cuando lo montó en la Ford, sin pronunciarle una sola palabra le dio un tiro en la pierna derecha, y le preguntó por su amigo; no tuvo que insistir mucho, inmediatamente lo llevó a su casa, lo llamó por teléfono y le dijo que saliera con urgencia, sin su compañero tener conocimiento de lo que estaba pasando. Cuando el otro capo salió, Dantón también lo secuestró, los llevó a una playa solitaria y se los entregó a El Pulpo; éste les miró a los ojos, y sin expresarle una sola palabra, les quitó la vida a ambos al darles dos tiros en la cabeza.

Tres meses después, los colombianos que Dantón había engañado fueron a donde el capo que lo había mandado a hacer el negocio y lo asesinaron. Como Dantón era gemelo, confundieron a su hermano con él, y aquellos hombres lo abatieron mientras salía de un restaurante. Al Dantón oír aquella horrible noticia eso le partió el alma, viajó a la ciudad de Nueva York y se unió a los hombres de su hermano y acabó con los colombianos que habían acribillado a su gemelo, quedando con el control de todo.

La organización aceptó a Dantón por su valentía; luego le cogieron miedo: se convirtió en un perverso, en un déspota, en un criminal; su alma se cargó de orgullo, de odio. Era irresponsable en los negocios, no respetaba las mujeres de sus trabajadores, quería hacer los pagos a su antojo; diferente como lo hacía su hermano, quien era un hombre justo y de gran seriedad en los negocios.

Un día asesinó a uno de ellos, para hacer de su mujer su amante, ella no quiso y también le quitó la vida.

Éste no era su verdadero nombre: se llamaba Nátali; su hermano era quien llevaba el nombre de Dantón. Pero se quedó con sus datos para no tener que sacar residencia. Sepultó a su gemelo, al verdadero Dantón, sin que las autoridades de los Estados Unidos tuvieran conocimiento.

30

SEXTA CARTA DE MARCOS

Marzo 15/1991

¿Dónde está tu cuerpo que he buscado por mi alma? Devuélvete tu felicidad, no te prestes para tu propia derrota, deja de oír la voz del mundo. No hay colina en este campo sin tus pechos, no es importante aquella roca si no es acariciada por tus glúteos; no hay verano en este cielo sin los versos de tus ojos... Cuerpo escandaloso, cuerpo encendido. ¡Eres hermosa como Medusa, pero no te conviertas en ella! ...

¿Por qué te perfumas la piel y no el alma? No llores por tus éxitos, sino por tu derrota. ¿Qué piensas que es el triunfo, con quién vivirás tu final? ¡No pises los mensajes que te lleva el río! No unamos nuestros labios, pero permite que estén cerca nuestras sombras.

Sí, acércate más a mi ser, sepulta mi melancolía. ¡No ves cómo mis lágrimas caen de mis ojos plasmando versos tristes en mi pañuelo! Aunque hayas colocado un alto muro para que te olvide, haz cometido un error, porque eso es lo que me hace recordar tu alto busto, es el que trae a mi memoria tus eximios glúteos, es el que me hace recordar tus largas piernas, las que me hacen pensar en tu enaltecida belleza de mujer única.

Donde empezaste no terminaste y eso puede acongojar tu alma. ¿Dónde está tu rostro de virgen? ¿Hasta dónde piensas darle terreno a tu error? ¿Hasta dónde piensa enaltecer tu estética? ¡No cojas aprisa la curva de tus encantos, donde hacen vuelos las palomas mensajeras, donde se encuentra oculta parte de mi historia!... Cuerpo sin errores, desnuda eres más reina. Una gota de la miel de tus labios bastaría para endulzar todo mi ser.

Sí, testigo es la huella de nuestros cuerpos plasmada en el prado... A veces entro a tu interior persiguiendo las huellas de tu corazón, pero no puedo encontrarla de nuevo.

En tu mundo el sol ilumina en la noche y la luna en el día. Soy cautivo de tu sombra en el palacio de cristal que no existe.

Dentro de tu ser estoy y no pertenezco a tu mundo; debajo de tus arbustos me encuentro y no cuento con tu sombra; descanso en tu parte oriental y no soy acariciado por tu aurora; camino por tu colina cargado de aquellas verdosas copas y no soy acariciado por tu primavera...

Es cierto, puedes huir de mi cuerpo, pero no de mi sombra; puedes ocultarte de mi alma, pero no de nuestra historia; puedes huir de mi anhelo, pero no de la sensación de la caricia de mis manos; puedes huir del sonido de mis pasos, pero no del sabor de mis apasionados besos; puedes huir de mi angustia, pero no de la esencia de mi pasión enloquecida; puedes ocultarte de mí, puedes huir de mi ser, pero no de los versos que escribieron nuestros cuerpos en los pétalos de las rosas que habitan en la pradera. Sí, puedes huir, pero de mi ser... jamás.

31

Así fue, como lo había dicho anteriormente, Alondra no fue a la casa que tenía en Baní a ver a su marido y a sus hijos, porque desde el Aeropuerto de Las Américas se había dirigido a Duvergé, pensando que su familia la esperaría en aquel lugar… Comenzó a sonar su celular: no lo quería coger, porque no conocía el número, además, la ponía nerviosa y tenía mal presentimiento. Cuando sonó de nuevo con el nombre de Ramoncito, al ser uno de los hombres de confianza de la organización lo cogió, y le dio una terrible noticia, que a Leo lo habían asesinado.

Ordenó regresar al aeropuerto; luego tomó el avión hasta llegar a Nueva York… Los hombres que trabajaban para Leo la esperaron en el aeropuerto John F. Kennedy. Se montó en la limusina blanca, con el interior rojo, que pertenecía a su jefe… Había dejado su equipaje en la República Dominicana, en la Ford, modelo noventa y dos, por la rapidez con la que había salido de aquella ciudad.

No habló una sola palabra en el camino, solo cuando

se montó en el vehículo dijo: Llévenme al funeral.

Cuando llegó a aquel espacio, le observó el rostro a Leo por dos minutos y expresó en su pensamiento: «El problema del hombre poderoso es su mismo poder». Luego comenzó a llorar como si en realidad él fuera su padre.

—Leo era mi hermano —dijo Alondra, con gesto de llanto y con el rostro mojado de lágrimas—. Lo he perdido todo.

Olvidándose en aquel momento de que tenía una familia en la República Dominicana.

—Lléveme al apartamento —expresó Alondra cargada de melancolía.

Cuando llegó a aquel lugar no vio a Sacha. La llamaban y no contestaba el teléfono, se encerró en su habitación. Duró una noche y medio día sin hablar con nadie maquinando lo que iba a hacer. Al otro día, Alondra hizo todos los trámites para llevar el cadáver a Brasil. Tenía guardado en una de las paredes de la oficina ocho millones de dólares: los sacó; buscó el avión privado de la compañía llamada La Aurora que estaba a nombre de un funcionario del Gobierno, luego voló hacia aquel país.

Alondra no se imaginaba lo querido que era su jefe en su ciudad. Tenía el mismo corazón de su madre: ayudaba la gente de su pueblo.

Después de la sepultura reunió sus familiares, repartió aquella fortuna como él lo había ordenado en caso de que faltara. Tenía dos hermosos niños y una mujer muy atractiva, una mansión frente al mar, con una playa blanca y brillante, que para llegar a ella había que bajar una escalera que contaba con más de cuarenta escalones. Aquello la motivó a estar al lado de sus hijos. Leo le había dicho que no le hablara a su familia de los bienes que tenían en los Estados Unidos, que quería que se hicieran profesionales; que no fueran a aquella ciudad llena de pesadillas y de peligros; además, tenía miedo de que el chico mayor, Eliezer, el que estudiaba medicina, no terminara su carrera, y que Iván no finalizara el bachillerato.

Leo dejó todo organizado con su abogado. Los puestos que tendrían sus trabajadores en caso de su ausencia. Alondra ocuparía su lugar y Ramoncito seguiría de segundo como hombre de confianza de la organización. Ella pensó en Marcos, que no entendería nada de lo que había pasado.

Al enfermarse, la abuela de Sacha comenzó a mandarla al supermercado con Ariardy a comprar los alimentos para su dieta.

El chófer comenzó a darle insólitas miradas a Sacha con solo once años de edad. Ella no podía entender lo que aquel sujeto le quería decir. Ariardy no aguantó y le dijo que ella iba a ser su novia, pero que le iba a dar dos años más. Sacha se puso a llorar y le dijo a su abuela lo que aquel individuo había expresado. Doña Rosa sonrió y le dijo que él estaba jugando, que era incapaz de ponerle las manos, pero ocho meses después, la adolescente fue acosada por aquel enfermo.

El chófer cogió una fuerza tan grande en la casa que, era quien cambiaba el cheque de la señora, la dejaba en la oficina, salía del trabajo e iba a la casa a tener relaciones con Sacha.

La trabajadora se dio cuenta de lo que estaba pasando; pero aquel desgraciado la amenazó y le dijo que si decía algo iba a hacer que la despidieran, que como quiera doña Rosa no le creería, porque era su hombre de confianza.

32

Los familiares de Leída nunca se dieron cuenta de dónde había surgido aquella depresión que la había arrojado a su alcoba. Solo su esposo tenía conocimiento de lo que estaba pasando.

Elio Durán, el padre de El Pulpo, era un campesino que solo trabajaba la tierra. Todos los días llegaba al mediodía a su hogar a almorzar. Un viernes, apareció una hora antes de lo acostumbrado, porque no se sentía bien de salud. Llegó en el momento en el que había comenzado aquella escena.

Él tenía su llave para acceder a su casa como la mayoría de los hombres. Al entrar a la galería, introdujo aquel metal en el llavín color cobre que contenía la puerta de la sala hasta lograr abrirla. Léida oyó el sonido de aquella cerradura e inmediatamente se levantó y se acercó al espejo a arreglarse, pero no hubo tiempo, su marido ya la había sorprendido desaliñada.

El señor Durán se encontró eso extraño y más cuando vio la cama destendida a esa hora, la ventana de dos aguas moviéndose y un sombrero negro encima del gavetero que no era de su pertenencia.

Elio era un hombre inteligente, sereno, de exagerada paciencia y no le gustaban los problemas. Se había dado cuenta de que su esposa le era infiel, pero no dijo nada. Agarró el sombrero con su mano izquierda con toda delicadeza y lo guardó en el closet que se encontraba abierto, luego lo cerró.

Ese mismo día pasó la cena, al otro día el desayuno, pero al medio día El Pulpo, quien era el hijo mayor de aquella pareja no se encontraba. El señor Durán lo mandó a buscar con su hermanito, quien le seguía.

Durante el almuerzo, toda su familia se encontraba en la mesa. Elio como era un hombre de respeto, pidió permiso, se levantó de la silla donde se encontraba sentado, entró a la habitación, abrió el closet, sacó el sombrero y lo colocó en la mesa.

Léida bajó la cabeza, quería desaparecer en aquel momento, pero nadie se dio cuenta de lo que estaba pasando, y así Elio continuó haciéndolo durante treinta días. Ella empezó a vomitar y a la vez a enflaquecer, cayó en cama y jamás pudo salir de aquel estado, luego expiró. No hubo médico que la pudiera salvar. Nunca le encontraban nada, decían que era una depresión.

Después de esta horrible tragedia, jamás hubo control en aquel hogar. El Pulpo se metía en problemas. Todo esto disgustó a Elio, por lo que ni siquiera quería estar en aquella tierra. Vendió la residencia y compró una en la ciudad.

A la edad de quince años, El Pulpo le dio catorce puñaladas al hijo de un funcionario del Gobierno, porque abusó de su hermanito cuando salieron del colegio. Se fue hacia la colina, a la antigua propiedad que anteriormente le pertenecía a su padre. Elio sabía a donde se encontraba su hijo, pero cuando la policía le preguntaba le decía que no sabía de su paradero. El Pulpo tuvo suerte, el joven no murió. Luego, su padre subió a aquella montaña, le llevó comida y se lo entregó a la justicia. El mismo Víctor Mesa dijo que tuvo la culpa de lo que había pasado, que lo que había hecho con aquel adolescente había sido un abuso.

El Pulpo fue puesto en libertad. Diez años después Víctor desapareció por quince días. Lo encontraron muerto y descompuesto en un monte virgen. Él le había dado una golpiza a una de sus mujeres. Sus amigos sospecharon de sus cuñados, otros que había sido la mafia colombiana, porque era cómplice de Dantón, pero nunca encontraron pruebas.

A El Pulpo nunca le gustaron los estudios. Lo que lo ayudó a sobrevivir fueron los negocios ilegales que hacía en la calle. Lo contrario a su hermano Fernando Durán, quien realizó varias carreras. Fue un gran político y trabajó varios años para el Gobierno. Fue un fiel amigo de Leo y de Alondra. Leo le tenía tanta confianza que puso La Aurora y otros bienes a su nombre.

33

PRIMERA CARTA QUE ALONDRA LE ENVÍA A SU MADRE

Abril 10/1990

¡Hola, madre!... Sé que no te sientes bien porque nunca habíamos estado separadas. Pero quiero que sepas que estoy muy orgullosa de ti, que tengo la convicción de que tus oraciones nunca han faltado en tus labios, porque me está yendo perfectamente bien.

Nunca me he de olvidar de los primeros pasos que me dijiste que hay que dar para triunfar en la vida: buscar de Dios, ser humilde, ser honesta y ser justa; son actos, son cualidades por las que te quiero tanto, Mamita… ¡Qué hermosa eres! Tu dignidad, tu integridad y tus versos son tan puros y amplios; tu parte espiritual es la que tiene más fe, tus pasos virtuosos son tan firmes, tus características de mujer son tan desmedidas; tu visión es tan evidente, tu esperanza es la más esperada, tu vigor de voluntad es tan poderoso; tu infelicidad ha sido tan extensa, en tu sonrisa hay tanta esperanza, tu orgullo hacia tu hija es tan sublime; tu admiración, tus creencias y temor hacia Dios son como una montaña, que desde que tengo razón no ha dejado de clamar su nombre… Ahora sé que eres feliz por tu logro de ser justa. Estás consciente de que tu corazón se asemeja al de un ángel… Gracias, mamá. Gracias.

Tu hija… Alondra.

34

Sacha decía que Alondra tenía suerte, que no podía entender cómo un hombre estando tan lejos la siguiera amando con tanta pasión; que nunca había tenido la oportunidad de que la amaran de aquella manera. Decía que Marcos era el hombre más guapo de la tierra, y que si Alondra le había correspondido era porque tenía las peculiaridades de un hombre perfecto; porque para ella, en aquella ciudad no había un solo caballero que pudiera ocupar el lugar de su esposo.

Cuando Alondra terminaba su trabajo se iba para la habitación del negocio, se vestía, luego cogía para la oficina. Nunca les daba la oportunidad a los clientes ni siquiera para que hablaran con ella. Solo salía a tomarse una copa si Leo se encontraba en el momento, porque de esta manera era respetada por aquellos caballeros.

Sacha leía las cartas de Marcos, una y otra vez. Estaba obsesionada con aquel hombre. Decía que no conocía su rostro ni su corazón, pero sí sus sentimientos, porque esos versos que le escribía a Alondra, estaban escritos desde lo más profundo de su alma.

Soñaba con hacer un viaje con su amiga a la República Dominicana. Decía en su pensamiento que amaba a Marcos, y que iría a aquella tierra a conquistarlo a cualquier precio. Pero cuando eso iba a pasar, Leo le dijo que no podían ir las dos en el mismo viaje, porque alguien tenía que quedarse cuidando el apartamento. Ella se sintió mal, pero recordó que era el jefe quien le había hablado, pero sin perder la esperanza de conocer a aquel caballero que tenía en su pensamiento como un ser humano perfecto; un hombre que podía ser tan perfecto solo en su raciocinio.

En realidad, Leo podía dejar a alguien de confianza cuidando el apartamento, pero sabía que Alondra tenía dos años que no veía a su familia y que tenía que cuidar de ella; y con Sacha presente, las cosas iban a ser diferentes. Además, no quería que aquel ser tuviera conocimiento de la vida de Alondra, especialmente cómo había progresado.

En la noche, cuando Alondra no se encontraba en el apartamento, Sacha empezaba a leer las cartas con una música de fondo cargada de romanticismo. Mientras las leía, se desnudaba, arrojando la blusa, el pantalón, su ropa interior, sin importarle donde cayeran. Mientras más leía aquellos versos su pasión más se elevaba. Mientras agarraba el escrito con la mano izquierda, se acariciaba el cuello, el busto, con la mano derecha.

A veces dejaba de leer, porque no aguantaba lo que le pasaba: era demasiado fuerte; se abrazaba con sus dos manos, se apretaba el cuerpo, se soltaba, inclinaba su cabeza hacia abajo, su pelo cubría su rostro y acariciaba el piso, colocaba las dos manos detrás de su cuello, sin soltar la carta, porque cuando la leía veía el semblante de un hombre hermoso.

Para ella, eran más que cartas, eran poemas. Seguía leyendo, se pasaba la mano por el ombligo, imaginando que Marcos la tocaba.

Sus manos seguían caminando, deslizándose en su llano vientre, cuando caían en su clítoris, arrojaba un grito tan fuerte que se podía creer que la torturaban.

Sacha nunca le preguntó a Alondra por su esposo. Ella tampoco habló de él, porque le daba vergüenza al escribirle y no recibir respuesta.

35

SIETE AÑOS ANTES DE ALONDRA LLEGAR A LA CIUDAD DE NUEVA YORK

La iglesia que quedaba más cerca de la casa de Alondra estaba a once kilómetros, y solo iban una vez a la semana. En su hogar había una Biblia que pertenecía a la difunta Julia, pero Alondra solo leía un salmo cuando su madre se lo pedía. Fue el primer libro que leyó y el único que había en aquella residencia.

En aquel templo había un grupo de jovencitas de la alta sociedad. El sacerdote siempre las seleccionaba para que leyeran aquel libro sagrado y eso era un orgullo para ellas, queriendo humillar a las demás chicas que se encontraban en aquel espacio. Alondra veía eso y se molestaba, no porque ellas leían los pasajes, sino por lo orgullosas que eran y por la ignorancia que reflejaba su comportamiento. No sabían ni lo que significaba el Cristianismo, ni sabían de lo que el Creador era capaz.

El último domingo de aquel mes el pastor predicaba y dijo:

—Aquí hay una señora que está enferma y quiere dar su testimonio.

Hubo un minuto de silencio.

Cuando Alondra vio que la señora no se levantaba porque ya sabía quién era sin nunca haberla visto, caminó hacia ella y le puso la mano izquierda en la cabeza, luego la derecha encima de la otra.

—Dios, padre de los ejércitos. Esta señora tiene un cáncer y te pido que en el nombre tuyo la liberes de esta terrible enfermedad. En el nombre tuyo, señor Jesús. Tú puedes, porque Tú fuiste quien hiciste el cielo y la tierra, quien le dio luz a las estrellas, porque Tú eres el rey del universo, el rey de los reyes, de las hazañas y los prodigios, Tú eres quien curas a los leprosos, quien pones a los paralíticos a caminar y a los ciegos a ver, porque Tú, no solo sacaste al pueblo de Israel del yugo del faraón, sino que lo pusiste a gobernar el mundo. Tú abriste el Mar Rojo y el Jordán, creaste al hombre a tu semejanza, quien da vida y quita vida, quien pone reyes y quita reyes, quien hizo el día y la noche; en el nombre tuyo Jesús, Tú puedes liberarla.

Repitieron las personas que la acompañaban en la oración:

—Libérala, en el nombre tuyo, Jesús.

Tú eres el principio y eres el final. Libérala, Jesús, libérala.

—Amén, amén.

La señora, que había caído al suelo, temblaba. Cuando las hermanas iban a agarrarla, Alondra les dijo que no lo hicieran, que se levantaría sola; y no había pasado bien un minuto cuando se estaba parando, buscando y observando quién era la que oraba. Como las personas miraban a la señorita Alondra, su inteligencia la llevó hacia ella.

—¡Ah, veo! ¡Fue ella! —expresó la señora con gesto

de alegría y con las lágrimas paseándoles en el rostro—. Fue ella quien me curó.

—Fue el Espíritu Santo quien la liberó —expresó Alondra, con actitud de fe—. No soy nadie para hacerlo.

La señora abrazó a Alondra, la besó, y en su testimonio dijo:

—Fui liberada, había caminado parte del mundo buscando mi salud y no podía encontrarla. Los médicos me habían dado seis meses de vida, pero cuando la señorita oraba una mano fría me acarició todo el cuerpo.

¡Gracias, mi Dios! ¡Gracias, por hacerme este regalo!

Desde ese día, Alondra fue respetada en la iglesia. Las personas enfermas y con problemas le preguntaban al pastor que cuáles eran los días que ella iba a la iglesia para que orara por ellos.

Al otro día, doña Aura apareció en la casa de Alondra con un maletín lleno de dinero para regalárselo, por la oración que le había hecho, pero no lo aceptó; y le dijo de nuevo que no había sido ella quien le había devuelto su salud, que había sido el señor Jesús Cristo; que llevara ese dinero a la iglesia, que aquellos cristianos tenían tiempo esperando ese obsequio para terminar una obra en aquel templo.

36

SÉPTIMA CARTA DE MARCOS

Julio 10/1991

Oh, no contestas mis cartas, como si no me amaras.

¿Cómo le vas a llamar pasión a lo que mi alma siente por ti?

¿Qué sabes tú lo que es el amor, lo que es un corazón atormentado…? ¿Quieres saber lo que es el Amor?

Mientras tú estés en mi pensamiento voy a ser esclavo de tu ser eso es amor; entonces, ¿cómo voy a dejar de amarte, o crees que lo poco que te ofrezco no es amor o piensas que cuando un ser da lo que no tiene eso no es amor o vas a dejar que me muera de amor para que después me quieras amar? Estoy enamorado de tu ser, porque lo siento en el alma… Esto es amor.

Amar es soñarte todas las noches a mi lado como yo te sueño. ¿O crees que me enamoré de tu cuerpo exacto y no de tu corazón saturado de bondad? No sé qué hacer, ¡te amo con tu desprecio y no puedo ser amado por tu interior!

¿Acaso crees que el amor es una bola de fuego sin vida?

El amor es un recipiente cargado de pólvora, por inmenso que sea un muro, él lo destruye para unir dos corazones.

Siempre hay ira en los corazones cuando son lastimados, pero esa ira se convierte en más amor, atravesando con una flecha de ternura el espíritu de la pasión. El que no ama está peleando en una guerra sin un propósito determinado. El amor es una condecoración

de la naturaleza, no es pasajero, es infinito.

El amor tiene ojos, sin embargo, no puede ver los errores del ser amado… Y yo te he dado libertad para que andes por todo el mundo, ahora quiero que regreses a mis brazos... Eso es amor.

Nuestros corazones nos dan vida, pero el amor a ellos les da más vida... El amor es que le obsequia equilibrio al universo.

Sé que te amo porque soy feliz, dentro de mi angustia he aprendido a sonreír y esto lo he podido conseguir con el fuego de tu ser.

Tan pronto llegaste a mi vida y con tanta rapidez te perdí… Amor eterno que ya no tengo en mis manos, pero sí en mis sentimientos.

El corazón que ama entra a una hoguera y no es lastimado… Y si los corazones laten dentro de aquella pira es porque existe el amor.

Cómo creerte que me amas, si al despertar no veo la luz de la aurora de tu cuerpo, si las flores que se encuentran en la colina de tus pechos ya no me regalan sombra en su primavera.

Oh, piensas que lo último que me has obsequiado es amor. Te burlas de mí porque no tengo ojos para ver otro cuerpo, porque si no te amara no me sentiría importante en este mundo.

El tamaño del amor está en tu grandeza. El número especial de Dios es el siete y el amor está en tus siete letras. Alondra… Tú eres el amor.

37

Alondra tenía la convicción de que Leo era un hombre ponderado, solemne e inteligente en sus negocios, de que no era capaz de ofender ni mucho menos de engañar a nadie. Dijo que antes de su próximo viaje a la República Dominicana investigaría su muerte y atraparía a los asesinos. Sabía los movimientos de sus contactos y de los que trabajaban para la organización. Había uno de ellos que era policía, que también trabajaba para el Buró Federal de Investigaciones, o sea, para el FBI, la principal agencia de investigación criminal del Departamento de Justicia de los Estados Unidos. Lo había enviado a entregar una mercancía, asesinó a un colombiano, quien lo acompañaba y quien hacía los contactos con aquellos mafiosos; cogió ochocientos mil dólares y después dijo que lo habían atracado, sin haberse dado cuenta de que aquel sábado había sido espiado por aquellos hombres. El día de la boda rompió el cristal del vehículo y se llevó el dinero que había dentro. Pasaron más de veinticuatro horas y Sacha no había entregado la cinta del día del crimen; además, casi no se dejaba ver:

se mantenía saliendo y entrando al apartamento como si estuviera nerviosa. Entonces Alondra pensó en ella, con un juicio acusador.

Leo le había dicho que la persona que le había robado en el automóvil era de confianza, que sabía dónde guardaba el dinero y la única que tenía conocimiento de todo esto era Sacha… Leo era hábil y razonable: tenía un sexto sentido; por lo que los demás capos le temían. Alondra mandó a dos de sus hombres a buscar a Sacha, pero estaba de compra en un supermercado. Cuando abrió la puerta, quedó sorprendida porque había

tremenda reunión.

—Buenas tardes —saludó Sacha, con mirada de pánico y con una tristeza de hipocresía.

Al ver que hubo un extenso silencio, dijo:

—Si están ocupados me voy.

—No, no te vayas —tomó la palabra Alondra—. Es a ti a quien esperamos —agregó.

—¿Dónde está la cinta del día de ayer?

—La buscaré —dijo Sacha, con actitud de nerviosismo.

Entró a la habitación, no podía ocultar aquel miedo, no sabía qué iba a decir, pero le entregó una que estaba vacía.

—Pero esto está en blanco —dijo Ramoncito al probar la cinta en el DVD.

—Ahora recuerdo, que, la cámara de seguridad no se prendió en el día de ayer —replicó Sacha con dos lágrimas en los ojos.

—Dinos la verdad, ya sabemos todo —expresó Ramoncito el torturador con ira—. O si no, ya sabes lo que sigue.

No le había sacado la uña mayor bien del pie derecho cuando ya había expresado que hablaría.

—Fue Roberto —dijo Sacha, con aspecto de queja y con el rostro mojado de lágrimas—. Él me obligó para que le dijera todos los pasos que Leo iba a dar en la semana.

—Pero tú nunca me dijiste que te ibas a la cama con él —replicó Alondra con asombro.

Sacha no contestó, y hubo un silencio de un minuto.

—¡Lo siento, nena! —intervino Alondra.

Salieron de la habitación para la sala, mientras dos hombres se quedaron protegiendo la puerta para que Sacha no fuera a hacer un falso movimiento. Hicieron una reunión de quince minutos con la ausencia de ella. Luego entraron.

Alondra no dio la orden para que le quitaran la vida como se lo merecía, pero la amenazó y le dijo que si le decía a Roberto la más mínima palabra de lo que habían hablado en el apartamento, la mandaría a podrirse a prisión.

Sacha nunca le iba a decir a su amante lo que estaba pasando, porque la mataría por aquella traición; además, quería salvar su pellejo.

Alondra le dijo que ella no era culpable, que la entendía, pero que aquel policía pagaría lo que había hecho.

Durante una semana todo estuvo bajo control. Roberto seguía trabajando como hombre de confianza, hasta una noche en la que fue a entregar fuera de aquel Estado quince kilos de cocaína y a través de una emboscada fue atrapado. Todo fue preparado por Sacha y los federales, quienes trabajaban para la organización. Luego le preguntaron por Sacha, diciéndole que fue chivateado por ella.

Le dijo a los federales que su princesa se encontraba en su suite. La buscaron, luego la metieron en prisión. Los dos fueron condenados a cincuenta años. Roberto fue asesinado en la cárcel y Sacha luchaba por salir, algo que nunca pudo lograr.

38

Leo continuó llevando a Alondra a los lugares más importantes de aquella ciudad. El último que visitaron fue un escenario de baile en el que había una pista de hielo… Por varios minutos se quedó contemplando el lugar.

—¿Quieres bailar? —le preguntó Leo bromeando, con una sonrisa atrevida en los labios.

—Sí, quiero bailar —dijo Alondra.

—¡No lo dije en serio, solo me expresé así para divertirme! —exclamó Leo—. No, no lo hagas, te puedes romper el cuello.

Leo buscó el DJ para que la acompañara y le sirviera de asesor. Luego le alquiló la ropa de baile y los patines. Al salir vestida, ahí fue cuando se dio cuenta de su arquitectónico cuerpo, de la hermosa mujer que había llevado a aquella nación.

Ella mandó a cambiar la música y pidió la más reciente. Eso sorprendió a Leo. Se preguntó qué clase de mujer era esa.

Aquella canción apenas tenía horas en el aire.

Alondra estaba parada en la pista, caminó hacia el centro esperando la música, mientras Leo se encontraba pensando en la madre de la reina, en el rostro que pondría si le llegara a pasar algo.

Cuando comenzó la música, Alondra no esperó a Dante Durán. Inició el baile con una gran rapidez. Leo cubrió su boca con las dos manos como si buscara aire y se estuviera asfixiando, como si en realidad aquella mujer se fuera a partir el cuello.

Al terminar la danza, Dante entró a la pista a felicitarla. Le dijo a Leo que nunca había visto en su larga experiencia de trabajo una mujer que bailara como ella. El DJ le cayó en gracia a Leo, lo contrató para que trabajara en El Jardín y le pagó el doble de lo que ganaba en aquella empresa, porque vio que hacía un buen trabajo; además, su apellido era muy conocido.

Leo no quería seguir solo con Alondra, porque tenía presentimientos de que iba a pasar algo y pensaba que esa hora de la tarde era peligrosa. Llamaba a Ramoncito, pero no cogía el celular. Ella lo veía desesperado.

—Llámalo al otro teléfono —dijo Alondra con aspecto de seriedad—. Ese celular lo dejó en el auto.

Lo llamó.

—Dígame, jefe. ¿Qué pasa? —preguntó Ramoncito.

—No, nada —expresó Leo—. Solo quería oír tu voz, con el rostro expresando sorpresa.

Cuando salieron de aquel lugar, se dirigieron a su vehículo. Mientras avanzaban, cuatro delincuentes caminaban con gran rapidez con armas largas encima de ellos. Leo iba a sacar su nueve milímetros para su defensa, pero Alondra lo empujó hacia atrás con la mano izquierda, y miró fijamente aquellos hombres a los ojos y empezó a pasar en sus pensamientos cada uno de los atracos y crímenes que habían cometido. Eso los desesperaba, intentaron disparar, pero las armas se les encasquillaron. Las colocaron en el suelo lentamente, luego echaron a correr y se montaron en su Lincoln Continental. Al querer pasar la calle con el semáforo en rojo, no habían pasado bien, cuando su vehículo fue arrollado por un furgón. Otra sorpresa por la que el brasileño había quedado atónito.

Luego se montaron en el vehículo y antes de arrancar Leo le preguntó:

—¿Cómo lo hiciste?

—No lo sé —expresó Alondra, con gesto de seriedad—. Hay que limpiar a Nueva York de aquellos hombres que tienen estos sentimientos. Con el tiempo no se podrá vivir en paz en esta metrópolis.

39

Sacha declaró que Roberto tenía dos días persiguiendo a Leo. Dijo que tenía que eliminarlo porque lo había engañado y eso le podía costar la vida. En la torre del frente había un franco tirador. El vecino fue secuestrado porque se dio cuenta de algunos movimientos.

El día que iban a matarlo tuvo la suerte de que salió para Virginia, pero hubo dificultades con el negocio, lo que lo hizo durar más tiempo en aquel Estado. Cuando llegó al aeropuerto, se encontró raro que dos de sus hombres de confianza que lo encontrarían en aquel lugar no estaban presentes, solo estaba el chófer. Llamó de nuevo. No pudo hablar con ellos. Al comunicarse con Ramoncito le preguntó por Ricardo Adames y José Morales, le dijo que tenía unas cuantas horas que no los veía, pero que todo estaba bajo control. Luego habló con Sacha dos horas antes de su muerte y también le dijo que no había problema.

Después de coger tanta lucha por el tránsito en la Avenida Broadway, entrar a la calle 59, luego a la Quinta Avenida, al llegar al edificio, no entraron al parqueo, le dijo al chófer que dejara el auto afuera por si había inconvenientes. Sacó una pistola nueve milímetros, la manipuló y se la puso en el bolsillo trasero del pantalón. Entró a la torre que contaba con 12 niveles, donde había   seleccionado el número diez para vivir. No vio a la recepcionista, se encontró todo eso extraño. En ninguno de los pisos había ruido. Subieron al ascensor: éste subía con serenidad.

La tarde estaba fresca, entre claro y oscuro. El ascensor marcó el piso número cinco, Leo le dijo a su amigo que se devolvieran, que presentía que las cosas no estaban caminando bien. Decidieron subir por la escalera, porque en aquel momento no podían salir del condominio, ya que habían visto dos hombres foráneos del otro lado de la calle por el cristal del edificio que se encontraba ubicado frente a la recepción. Caminaron con gran rapidez hasta lograr tocar el primer escalón. Leo se había devuelto porque estaba convencido de que cuando el corazón de una persona le hablaba tenía que obedecerle…

Faltándole cinco escalones para terminar de subir la escalera, atravesó una bala por el cristal de una de las ventanillas que derribó al chófer. Leo miró su amigo en mala condición.

—Corre Leo —dijo Papo mientras su semblante expresaba fuerte dolor—. No te preocupes por mí, sálvate. Leo se devolvió a buscar ayuda, para salvar a su chófer; pero no había bajado ocho peldaños, cuando dos hombres encapuchados le dispararon; protegió su cuerpo con la pared de los escalones que se encontraban situados a su derecha y se fue a intercambio de disparo con aquellos sicarios. Derribó a uno de ellos, avanzó un poco hacia arriba, miró a Papo que se veía que estaba expirando, corrió para el apartamento a buscar un arma más poderosa, pero uno de los enemigos lo alcanzó con una bala en el hombro izquierdo. Él se giró, ambos se disparaban, Leo recibió otro disparo en la pierna. Papo, quien en la agonía de la muerte oía los intercambios de disparos y los sonidos de los zapatos de aquellos asesinos cerca de él, sacó su cuarenta y cinco y le disparó en la espalda a uno de ellos; pero el otro, al ver esta escena le disparó y le quitó la vida; luego el brasileño le dio un tiro en el cuello a quien había asesinado a su amigo.

Leo caminó cojeando para el apartamento, dejando manchas de sangre en el mármol color hueso; miró el ascensor, vio que subía, caminó con más rapidez; bajo el dolor comenzó a buscar la llave con la mano izquierda y a tocar la puerta del apartamento con la mano derecha sin soltar su arma, pero los nervios lo atacaron, lo desesperaron cuando vio dos de sus enemigos que iban hacia él. Les disparó a ambos y le quitó la vida a uno de ellos al darle un tiro en el rostro. El otro seguía encima de Leo; tenía conocimiento de que tipo de arma usaba: sabía que no le quedaban balas, porque mientras intercambiaban disparos iba contándolas, además, tenía la convicción del sonido de cada uno de aquellos proyectiles, especialmente del último. Decía que poseían sonidos diferentes después que el arma había hecho más de dos disparos y después que se calentaba. Cuando Leo lo tenía en la mira para sacarlo de su camino, para mandarlo hacia el infierno, el sicario se quedó con su arma abajo sin defenderse, sonriendo, con la seguridad de que lo que había calculado era real; así fue, sucedió como aquel monstruo lo había analizado: al brasileño se le habían terminado las balas y quedó sorprendido con lo que aquel criminal había hecho.

Leo continuaba tocando la puerta con más fuerza. Llamaba a Sacha, pero había entendido que lo había traicionado. Recordó que cargaba una 22, soltó su pistola, se inclinó y extendió su mano derecha para apoderarse de la otra arma, pero el encapuchado no se lo permitió y le introdujo un proyectil en el hígado y lo derribó al instante.

Cuando le iba a dar el otro tiro, también se le habían acabado las municiones; colocó su arma en su cintura, movió la mano derecha para sacar una doce que estaba cruzada en su espalda con una correa de piel. Leo lo miró fijamente a los ojos, observándole aquel azul inconfundible que tenían sus centros, confirmando en realidad de que había sido Roberto quien lo había traicionado; e hizo nuevo esfuerzo para coger la veintidós que tenía en la bota izquierda, pero el asesino continuaba sonriendo, se quitó la capucha, bajo aquel dolor Leo lo miró fijamente a su semblante; luego Roberto le disparó en el tórax.

Cuando los hombres de Leo terminaron de ver la cinta, lloraban como niñas. Comentaban que el jefe no merecía morir de aquella manera. Uno de ellos le fue encima a Sacha para asesinarla, pero Ramoncito lo agarró.

—Tranquilo, Edgar —susurró Ramoncito—. La vamos a necesitar.

40

OTRA PÁGINA DEL DIARIO DE ALONDRA

No todos los hombres son humanos. Para alcanzar esta condición hay que ser humilde…, así es, hay que morir en la humildad para poder vivir en el amor; solo con él podemos sostener una torre y edificar un edificio de amor con el amor mismo.

El que no ama, vive en un mundo cargado de frustraciones; con gran facilidad puede pensar que no lo aman, porque al no conocer este afecto, su angustia puede construir un cáncer en su corazón. No por aquel sentimiento oculto de satisfacción, sino por su razón, una razón que todos tenemos en nuestro interior, que va a querer premiarlo sin que aquel ser lo merezca y estando muerto va a querer ser rey en el mundo de los vivos.

La confusión más grande en nuestra razón es cuando uno acepta lo que tiene sin poder tenerlo, cuando uno es sin poder serlo; cuando tu razón se da cuenta de que adquirió algo sin merecerlo: el vacío de la melancolía mojará tu alma con el llanto del dolor, reconociendo que eres y que no eres, también es un vivo entre los muertos.

Cuando seas humilde por naturaleza, entonces serás amado por tu propia alma... Si el amor es ingenuo, entonces, ¿por qué nuestra razón no puede ser amable con nuestra razón?

Hoy me he dado cuenta de que Marcos tenía su razón, pero éste era mi destino... Aquí está tu espacio Marcos, en el lecho de mi entraña, nadie lo ha tocado, ningún ser se ha bañado en este lugar: tú eres el dueño y seguirás siéndolo. Tenemos que perdonar, que vencer la frontera de nuestros errores, para que resucite y viva de nuevo nuestro amor, un amor que está muerto pero cuyo corazón late; vencer la debilidad del alma con el arma espiritual, para construir un hogar fuerte y firme, que aun estando muerto produzca movimientos, porque lo que creemos que está muerto aún está vivo.

No dejes que la humildad se mude de tu interior, para que nuestros sentimientos abran aquellas ventanas ocultas de nuestros corazones y así ha de sembrar amor en ellos; entonces, el dolor no existirá y la felicidad escapará de la hoguera, buscará nuevos horizontes, no vivirá mi yo en mi ser, sino el amor en nuestro espíritu... La humildad es la estrella que ilumina el camino para ir a la gloria, cuando ella deja de resplandecer... muere el alma.

41

Dormía, siempre trataba de dormir. Así la podía sentir a su lado para soñar su boca de sueños. La besaba, la besaba de nuevo y sentía mis labios desvanecerse en los suyos. En aquel momento se ocultaba la sed desesperada que se apoderaba de su cuerpo. Podía sentir sus largas trenzas en su hombro izquierdo, sus rosados claveles emanando miel en las cimas de sus pechos y su perfume escribiendo en sus saludables pulmones los vehementes versos que emanaban de sus sentimientos. Su corazón le obsequiaba sus melodías más hermosas que anteriormente había sellado en aquel papiro amarillo y resistente.

Ella también soñaba, caminaba hacia su cuerpo a pasos del rocío. Su corazón lo miraba, se desesperaba y se aceleraba por tenerlo en sus brazos porque lo amaba y sabía que era inocente.

Aquel día fue su primera cita. Marcos la esperaba en el prado. Logró verla, se ocultó entre las elevadas hierbas y cuando ella lo buscaba le dio un susto. Alondra sonrió con la mano derecha situada en la boca como medio asustada, caminó hacia él, le dio con la mano derecha en el hombro izquierdo, Marcos le agarró la mano con la que ella lo había agredido, intentó darle con la otra, pero también se la sostuvo, le soltó ambas y luego se abrazaron. Nunca Alondra había tenido confianza con nadie de esa manera...

Se besaron con gran pasión, él la cargó sin dejar de besarla en la parte inferior de su semblante, la acorraló en un árbol seco de nombre desconocido, comenzó a besarla por todo el cuello, por lo que quedó sumamente excitada.

Él la sujetó y puso a girar ambos cuerpos, al detenerse y soltarla, ella lo empujó como si no quería nada con su ser. Marcos la ató y pareció adivinar su pensamiento; se quitó la camisa, luego el pantalón y lo acomodó en el suelo. Marcos se arrodilló, despojó la parte del vestido que cubría sus senos, observó aquellas partes brillantes, excepcionales e insuperables; las contempló de nuevo, era como las soñaba: como dos rosas ocultas. La recostó, pero su medio cuerpo quedó fuera del lecho; la estribó de nuevo, la acomodó como iba, comenzó a besarla en los labios y en el cuello de nuevo, mientras ella acariciaba con gran suavidad su espalda con las puntas de los dedos de su derecha mano; él arropó su seno izquierdo con sus sensacionales labios, ella terminó de despojarse el vestido y lo lanzó a una distancia como que jamás lo usaría.

Marcos trepó su pecho hasta llegar a su barbilla, la besó, miró su busto y se dio cuenta de que lo desesperaban. Empezó a acariciar sus pezones suavemente con el pulgar y el meñique, mientras Alondra acariciaba sus piernas con las plantas de sus pies de claveles. Liberó sus dedos del lugar en el que se encontraba, la siguió besando en aquel terreno del cuerpo, levantó su cabeza, colocó la mano derecha en el medio del cuello y la trenza, la izquierda en la rodilla y empezó a trepar, a acariciar con suavidad sus blancos muslos, pero al llegar a la división de su cuerpo introdujo tres dedos en su ropa interior que le faltaba por suprimir y comenzó a acariciarle aquella parte de ese fertilizante terreno sin los labios ser liberados de la prisión en la que se encontraban.

Ella abrió su boca como si estuviera agonizando o estuviera lloviendo y queriendo atrapar gotas de agua. Él hizo el aterrizaje de pasión más vigoroso de aquel romance, convirtiendo sus cuerpos en uno, mientras la torre de cristal se derrumbaba sobre ellos.

42

Sacha nació en San Juan, Puerto Rico. Se crió en el seno de una familia culta. Tuvo todo el privilegio, todo el apoyo, especialmente de su abuelo. Éste la quería con pena, ya que su madre había fallecido de parto. Siempre aquel letrado pensó que ella no lo merecía. Tres años después, el intelectual murió de un cáncer.

Aquel hogar era tan hermoso que se podía comparar con el Paraíso. La abuela, al llegar a ser funcionaria del Gobierno, seleccionó un joven de la iglesia como chófer. Después de tres meses, los comentarios en el residencial eran horrorosos, "que ella iba a la cama con Ariardy, un caballero quien apenas sabía escribir su nombre".

Aquellos se sentían tristes por el escándalo que había causado el comportamiento de aquella señora quien había marcado ejemplo en la historia de Tijuana. Aquel residencial de San Juan, Puerto Rico que había sido construido para las personas más humildes de la iglesia por un jesuita mexicano que había adquirido un dinero de un legado. Dijo el religioso de la Compañía de Jesús:

—Cómo una señora después de ser tan modesta, tan

dócil, un cargo la podía hacer cambiar de la noche a la mañana, si había sido su seriedad la que la había llevado a aquella posición.

—Que Dios la perdone —dijo Elvira, su vecina.

43

LA ÚLTIMA PÁGINA
DEL DIARIO DE ALONDRA

Mayo 17/1991

Querida madre, antes de preguntarte cómo te sientes, te pido que me perdones por fallarte de esta manera. Siendo tan buena conmigo, nunca te tuve suficiente confianza para contarte mis secretos y no fue que dejaste de trabajar aquella parte.

Cuando estaba pequeña, me cantabas para que me durmiera, me hacías cuentos, me dabas confianza, jugabas conmigo a las escondidas, me hacías chistes; pero yo nunca sonreía y tú, preciosa madre, nunca dejaste de hacerlo, nunca te pude decir por qué yo era diferente a las demás niñas, todo se lo contaba a Perla, la roca del río. La veía como mi única amiga, como mi protectora. Hoy en día me he dado cuenta de lo importante que eres para mí.

Ahora me siento triste porque me trataste como a una verdadera amiga, como a una reina; sin embargo, no pude disfrutar de esto: no lo pude apreciar. En este momento necesito de ti, necesito de tu compañía, del calor de tu amor y de tu amistad.

Le correspondí a Marcos porque sabía que iba a ser mi esposo. Ya antes lo había visto en varios sueños en el altar contrayendo nupcias conmigo. Nunca tuviste de acuerdo con este viaje. Pero también había visto a Leo varias veces en un mundo que no era el mío y allí él era mi ángel guardián. Estaba segura de que haría este viaje. Lo esperaba día por día.

Durante años soñaba con esta ciudad: las torres saturadas de luces, calles sin fin, con los vehículos de lujo, contando bolsas de dinero, caminando por las joyerías comprando prendas preciosas y en tiendas inmensas mercando la ropa del último grito de la moda.

Me veía en un negocio bailando, cantando, tocando la guitarra, la flauta y todo eso es lo que hago hoy. Nunca tuviste conocimiento de esta historia, pero ahora lo sabes y sé que te sientes mejor, porque ya entiendes por qué tenía esta advenediza e inaudita forma. Yo también me siento feliz, porque ya me he desahogado, ya se me ha ido esta tortura que tenía durante años en mi garganta.

Tú me preguntabas a veces con desesperación que por qué tenía esta forma de ser. Incluso, me llevaste donde la psicóloga y ella me encontró bien, porque Perla multiplicó mi energía y me hizo hablar con seguridad; la inteligencia de ella era más fuerte que la de la doctora; no podía entender por qué no te decía todo esto pudiendo explicártelo.

A pesar de que no tenía amiguitas, nunca me hicieron falta. Los tres días que iba en la semana a la escuela, nunca compartía con nadie. Siempre estaba sola. No salía al recreo y cuando lo hacía, era obligada por la profesora. Sentía que si tenía otras amigas estaba traicionando a Perla. Me sentaba debajo de un árbol de higo que se encontraba al final del patio, porque solo pensaba en ella; además, si mis compañeras tenían hambre, jaqueca o si sentían melancolía, mi ser lo sentía y eso sembraba angustia en mi alma. Cuando me encontraba a tu lado, mamita, aquella tristeza que tu ser sentía por mí ser también lastimaba mi corazón. Perla me enseñó a hablar, a leer y a escribir varios idiomas, a tocar la flauta, la guitarra, el piano, y otros instrumentos a la perfección, me enseñó a cantar, a bailar y a cocinar.

La profesora me veía extraña, me veía superior, porque tenía la convicción de que entendía la matemática más que ella, aunque participaba pocas veces, pero cuando había problemas que ellos no podían resolver me paraba y lo desarrollaba con gran facilidad. Nunca quería ir a la pizarra, por ocultar mi inteligencia. Los alumnos le decían a la profesora Rosa "La perfecta", por su gran delicadeza; aseguraban que yo era su alumna preferida, ella quería desmentirlo, pero no podía. Manifestaba que mi música hacía sonreír el campo y ponía a cantar la colina, que jamás había visto una niña que tocara un instrumento con aquella altura, con aquella perfección. Todo esto me molestaba, y entendiéndolo, no te lo podía explicar. Pero recuerda mamita linda, yo no he marcado mi futuro.

Gracias por entenderme… Alondra, la que nunca te dejará de amar.

44

Esta página fue de gran sorpresa para los estudiosos del diario, ya que estaba escrita en arameo; luego fue traducida al español por Luis Souffront: un especialista de esa lengua.

No entendían si era una carta dirigida a su madre, pero sí era un comunicado para aquel ser, ¿por qué la escribió en aquel idioma? Cuando se la mandara, ¿cómo iba a leerla si no sabía de letras, si no sabía aquella lengua? ¿O tendría misterio aquella santa igual que su hija, o la musa de Alondra la hizo en esta lengua sin darse cuenta de que aquella mujer no tenía conocimiento de ese idioma? ¿Habrá otro diario oculto?, se preguntaban aquellos hombres.

A la carpeta le faltaban varios trozos de hojas. Hicieron una comparación con el papiro de algunas cartas que ella le había mandado a su madre y eran idénticas, lo que le dio la seguridad de que era una misiva de Alondra.

45

Después de la muerte de Alondra y llegar la historia de aquella dama a los oídos de los científicos, fueron a su pueblo a hacerle unos estudios al espacio donde ella vivía e investigaron el ambiente de este lugar, el agua del arroyo que la sirena bebía, de qué se alimentaba, el líquido con el que se bañaba, las rocas de aquel lugar, pero todo estaba normal... Subieron la montaña, donde se encontraba la residencia que Alondra había mandado a edificar. Decía que con el tiempo el lago lastimaría la ciudad y que sus habitantes se mudarían en la colina; ellos quedaron sorprendidos no solo por su belleza, sino por la forma en la que se veía el paisaje. Podían contemplar el mar del otro de lado la cordillera. En la falda había pequeños pueblos. Al observar el río, había una roca que resplandecía en su ribera, que no permitía que se pudiera ver bien el balneario que fue bautizado por Alondra con el nombre de La Zurza.

Entraron a la mansión, su extraordinaria estructura, su tamaño y en la forma en la que se encontraba decorada los había dejado sorprendidos: era de dos niveles, el primero contaba con una amplia sala, un comedor y una cocina, tres habitaciones con sus baños y uno independiente para las visitas; la escalera que te llevaba al segundo nivel parecía un agigantado caracol, tenía cinco camarotes con sus galerías y un espacio de recreación sin techo, donde aquella roca iluminaba con más vigor.

Esta situación los seguía atormentando, los inquietaba, que aun siendo interesante para ellos la exploración de la casa los hizo bajar de nuevo. Caminaron derecho de donde salía aquel resplandor, hasta que llegaron donde Perla. No lo creían. Ahí fue donde se dieron cuenta de lo extraño que era aquel peñasco, que podía ser de otro planeta, que a través de él era posible que Alondra se comunicara con extraterrestres. Desde este día, fueron miles de turistas a inspeccionar aquel campo que poseía foráneo y singular objeto.

El peñasco era redondo, con un color verdoso, pero un verde limpio y transparente. El que se acercaba a ella y se quedaba diagnosticándola, quedaba hipnotizado en su infinito mirando otro mundo.

Al principio, las personas que visitaban no se fijaban en ella, porque quedaban satisfechos con la belleza del río y de la colina; además, cuando observaban la piedra de lejos reflejaba otro color, lo que no permitía verse interesante. Ni Leo, que era observador de la naturaleza, se dio cuenta de aquel misterio. Había gente que decía, "cada dos mil años nace una mujer como Alondra y otros expresaban que jamás nacería otra mujer como ella".

A veces Alondra soñaba paseando en una limusina bajo una ciudad marítima, pero no podía interpretar aquel sueño, porque a pesar de su inteligencia, de su poder sobrenatural, había cosas que le pasaban que no podía entender. Criticaba en su diario que no había mucha diferencia entre ese mundo y el mundo a donde vivía, que en ambos había comunicaciones, fieras salvajes e hipocresías.

El día anterior de la muerte de Leo, Alondra estaba pensativa; y miraba fijamente como si pasara algo. Sintió aquella fuerza en todo el cuerpo que la dominaba. Ramoncito Thomas, quien la acompañaba, al verla en estas condiciones, mirando hacia sus pies con la cabeza agarrada como si se le fuera a explotar, le preguntó: ¿Qué le pasa mi señora? Entonces fue cuando entró en uso de razón. Solo le dijo que cuando viera a Leo le dijera que se cuidara, que tuvo una visión y era que ella lo había visto en un desierto vestido de blanco, sentado en la arena con los pies entrecruzados, rodeados por enemigos que llevaban en los labios risas burlonas. El mensaje le llegó. Leo se protegía porque creía en aquella mujer. Pero jamás pensó que iba a ser traicionado por uno de sus hombres de confianza.

46

Sí, el diario de Alondra era extraño, tan extraño que jamás ojo humano había visto algo semejante. Tenía un tamaño enorme: treinta y dos pulgadas de largo y doce de ancho; estaba forrado de una piel extraña. En la parte izquierda tenía una mano plasmada de color oro, tal vez la medida de la mano de aquella reina. No tenía candado, sin embargo, nadie podía abrirlo. Su madre intentó, luego sus hijos, y no pudieron.

Una noche, Marcos soñó leyendo aquella enciclopedia. Al otro día, cuando despertó sacó la maleta del clóset donde estaba guardado el dietario, que era una de las valijas que Alondra había dejado en su primer viaje. Extrajo la maleta de aquella habitación que no solo contenía el diario, sino que estaba llena de ropa. La abrió, luego tomó aquel libro, lo colocó en la mesa de madera preciosa traída de Brasil sobre la que había un mantel rojo, con rosas de gran tamaño, de un rojo más apagado. Se concentró y fue bajando su mano izquierda lentamente y la posicionó en aquella mano color dorado que contenía el diario.

Luego aquella enciclopedia se abrió con gran lentitud, por lo que Marcos quedó sorprendido. Su primera página era plateada, contenía una A mayúscula de dos pulgadas, debajo había una Alondra en su vuelo como de cuatro pulgadas que llevaba el mismo color, pero con más resplandor.

Los científicos del Museo de Louvre, al oír esta gran noticia de aquel dietario hicieron un viaje a República Dominicana. Comenzaron a hacerle un estudio profundo y no pudieron determinar de qué animal era esa piel, y mucho menos aquel tipo de metal que contenía la mano de aquella condesa. En el estudio descubrieron que de los dedos salían rayos de luces luminosos, tan fuertes que alumbraban todo el techo de aquella casa y al final se veía un planeta.

Cuando el director del Museo vio esto, le ofreció cincuenta mil libras esterlinas por la carpeta, y él le dijo que no. Al oír esta expresión, el ejecutivo le puso un cheque en blanco para que le pusiera precio. Marcos se negó, porque entendía que su país era pobre y a través del tiempo las futuras generaciones iban a querer conocer el diario y no tendrían la economía para ver aquella gaceta en aquel mundo y mejor se lo obsequió al Museo del Arte Moderno de la capital de República Dominicana, porque no lo quería tener en la casa, ya que iban muchas personas foráneas para que se lo enseñara y se dio cuenta de que el libro tenía un valor incalculable y eso ponía la vida de su familia en peligro.

A la abuela de Sacha se le había cumplido su período como funcionaria. Ya no había dietas, ni combustible para los vehículos. Todo era diferente. Ariardy ya no tenía sueldo, siguió dándose una vida de lujo, manteniendo su familia y cambiando todos los años su vehículo del sueldo de aquella malvada.

Sacha, al ser tan hermosa y encontrar tantos elogios en el colegio abrió los ojos y se dio cuenta de que aquel caballero no era el hombre de su vida; se buscó un novio en aquel espacio, pero él le hacía show y la amenazaba. Sacha era amiga de la esposa de Ariardy y de sus hijas. Al ella darse cuenta de lo que estaba pasando, le dio una depresión tan grande a la pareja de aquel perverso, que duró dos meses en cama. Aquella pesadilla envió esa amistad tan hermosa al abismo. Ella sabía que él le era infiel, pero jamás pensó que era con la niña que había criado.

Sacha negaba que el enfermo era su novio; siempre la atacaban en el colegio: se avergonzaba, por lo que entendía que este irreverente no estaba a su nivel.

Al hacerse bachiller, conoció en la universidad un hombre culto. Éste la amaba, la respetaba, la entendía, la trataba bien. Ella quería que fuera a la casa, pero el intelectual quería darle tiempo a esta relación, porque aunque la amaba, la veía muy joven.

Seis meses después, el doctor empezó a visitar aquella residencia, por lo que su tío la apoyaba solo para que la relación de ella y Ariardy tuviera inconveniente; hasta un día el letrado llegó a aquel hogar y encontrar a Sacha abrazada con el chófer en el mueble de caoba de forro blanco, y la abuela sentada al lado de ellos viendo televisión como si no pasara nada. No le gustó aquella escena, ella desmintió lo sucedido, hasta que un día salieron juntos a un restaurante y el inculto, el pedófilo, le hizo un escándalo.

Sacha, al verse confundida, desesperada, dejó todo y se fue para Nueva York. A los dos meses le llegó una carta anónima. Después se dio cuenta de que era Elainy Brea, la joven que impartía servicio en aquel hogar, su mejor amiga. Ésta le decía que, Ariardy tenía relaciones con ella, pero que la amenazaba si lo expresaba, le decía que iba a hacer que la despidieran del trabajo; que había más que contarle, que en varias ocasiones lo vio salir de madrugada de la habitación de su abuela, que un lunes en la mañana entró a limpiar el cuarto de su tío, y lo había encontrado con Ariardy completamente desnudos y abrazados.

Al leer estas últimas líneas, Sacha se desmayó. Sospechaba que su abuela era amante de aquel bastardo, pero jamás su tío. Ahora entendía por qué la celaba tanto con aquel monstruo. Su abuela murió y jamás supo nada de sunieta Sacha, porque se mudó y nunca dio su dirección.

Leo nació en Brasilia, la capital de Brasil en una tarde julio. Una brisa agradable acariciaba la ciudad. Su madre era una morena africana, quien llegó a este continente por el padre de aquel niño. Era un empresario oriundo de Italia, fracasado por los negocios, luego regresó a su nación y jamás retornó a Brasil

Leo sacó la estatura y el color de su madre, y de su padre el perfil, los ojos y el pelo.

Era fisiculturista. Su sueño era ser campeón olímpico, pero se le hacía difícil ser un buen atleta, porque en la noche trabajaba muy fuerte: era striper y usaba su cuerpo por dinero con las turistas que iban de visita a Mi Hogar, nombre del club donde trabajaba.

Sara Veloz, quien era de nacionalidad colombiana, de unos cuarenta años de edad, de una estatura de mujer perfecta, de tez oscura, una noche lo vio bailando y le ofreció mil dólares para ir con él a la cama, una suma de dinero que no pudo rechazar. Aquella dama se enamoró desquiciadamente de aquel mancebo.

—Si te casas conmigo te llevaré para Nueva York y te pondré a vivir como un rey —expresó la colombiana con gesto de pasión—. Tienes que tomar tu decisión ahora, porque en pocas horas tengo que volar y no me queda mucho tiempo en esta tierra.

Leo se dio cuenta de que esa mujer estaba hablando en serio, y si perdía aquella oportunidad tenía miedo de no recuperarla de nuevo. Una oportunidad con la que la mayoría de los jóvenes soñaban.

Hicieron todos los movimientos que tenían que hacer, luego se casaron, aunque Sara tuvo que permanecer en el país un día más.

Leo solo estuvo seis meses en Brasil. Sara Veloz vio que su esposo era un hombre joven, honesto, fuerte, de buen corazón e inteligente, lo llevó donde sus contactos, quienes movían el dinero en las calles; se lo presentó y le entregó la compañía para que la administrara.

Nunca le dijo que tenía cáncer, que solo le quedaba un año de vida, aunque había durado tres, por dejarle a su cónyuge aquella rutina de vida que ella llevaba.

Durante su enfermedad, Leo fue muy fiel, la cuidó, nunca ella oyó que tenía mujeres en la calle ni llegó borracho ni mucho menos tarde a la mansión. Mientras ella estaba en cama luchó por su salud y se mantuvo a su lado.

Una tarde, cuando ya quería decir su último adiós, ordenó que llamaran a Leo. Le dijo que lo había mandado a buscar para despedirse, pero más para darle las gracias por ser un buen amigo, un buen esposo, que se cuidara de las mujeres, que su belleza sería perseguida por ellas, que los grandes capos en aquella tierra habían fracasado por aquellas féminas. Leo le dijo que sí, que estaría alerta.

Luego la señora Veloz dejó de respirar.

Leo se comportó de aquella manera con su esposa, porque tenía remordimientos por lo que le había hecho a su novia anteriormente. Decía que no era justo que se comportara de aquella manera con las mujeres, sin importarle que se dieran cuenta de su infidelidad, porque encontraba que era parte de su naturaleza. Desde que contrajo nupcias con Sara juró que la trataría de otra manera y que no la haría sufrir. Lo contrario de Sacha, con quien dejó de ir a la cama por su ambición y su arrogancia.

A los tres años fue a su país y buscó su ex novia Elizabeth Veras: una joven inteligente, optimista e íntegra; era el primer amor de su vida, la primera mujer que había vivido en su corazón, y lo esperó durante ese largo tiempo sin él haberse comunicado con ella.

Sufría con aquel trabajo de Leo y el poco tiempo que le dedicaba. Siempre estaba con mujeres diferentes, se quiso volver loca cuando tuvo la certeza de que se había casado y más paranoica cuando voló hacia los Estados Unidos. Él no la buscó para ayudarla, porque pensaba que nunca le perdonaría lo que había hecho; además, tenía un compromiso y no quería ser egoísta, quería que ella hiciera su vida. Se casó con Elizabeth, pero nunca se la llevó para los Estados Unidos. Decía que aquel mundo no era para ella, que le iba a comprar un mundo con su propio sol, su propia luna y con un cielo cargado de estrellas y luceros.

49

Cuando los científicos terminaron de hacerle el estudio a aquel peñasco, caminaron hacia el pedazo de mar que se veía desde la galería de aquella mansión, que al explorarlo resultó ser un lago, que también los había dejado sorprendidos e hicieron otro análisis y se dieron cuenta de que el agua era salobre, preguntándose, por qué aquel líquido tenía sal, si se encontraba a tanta distancia de aquella extensa laguna. Bajo ese amplio trabajo, también pudieron discernir que había una mina de azufre, pero al realizar aquellas indagaciones, hicieron otro estudio a la parte más profunda del lago, donde pudieron descubrir que en aquel lugar había aterrizado una nave espacial, que el impacto había sido tan fuerte, que había perforado la tierra y había llegado al nivel del mar, cuyas aguas junto a las del río formaron el lago más grande de la República Dominicana, el Lago Enriquillo. Había posibilidades de que esa fuera la nave del planeta del que había hablado Alondra en su diario, que recogía los desechos en toda la galaxia para el mantenimiento de aquel planeta; que tal vez, aquella roca era una especie de computadora y la habían abandonado por su exagerado peso.

50

Había llegado el mes de julio, las palmeras cantaban, la clorofila del campo manaba frescura y el agua fresca del arroyuelo seguía quitando la sed a aquellos habitantes.

En aquella comunidad, solo había dos pianos, uno en la iglesia y otro donde la señorita Liliana Almonte.

La señorita Almonte, quien en aquel momento tenía unos catorce años, hermosa como el día, se había ido de vacaciones para Miami. En la comunidad nadie sabía tocar el piano, solo ella, porque su madre le pagaba a una maestra de la capital para que le enseñara, e iba tres días a la semana.

Había visita de otro pueblo, el pastor no quería pasar vergüenza y no había nadie que tocara aquel instrumento. Sabía qué hacía un gran trabajo.

En la iglesia veían a Alondra como una diosa, como un genio, como alguien que lo sabía todo. Cogió el micrófono, llamó a la sirena en público a tocar el piano sin la chica nunca haberle puesto las manos a aquel artefacto.

Se puso de pie, saludó con mucha merced, caminó hacia el utensilio, le dio las gracias al pastor por darle la oportunidad. El pastor nervioso, pensaba que ella rechazaría la invitación y que en caso de que aceptara tocarlo fallaría.

Deslizó sus manos en su vestido largo y blanco, se sentó en el banco de madera de color marrón, que la caoba era tan antigua como la ciudad. Alondra comenzó a tocar un hermoso himno que jamás ellos habían oído. Llegó un momento en el que los movimientos de los dedos de Alondra no podían distinguirse de lo rápido que los movía, toda una maestra.

Cuando terminó, las hermanas y hermanos de la iglesia se quedaron sorprendidos, se pararon, aplaudieron, la felicitaron con abrazos y besos. Después de esta presentación de Alondra, no se pudo dar el culto bien. Nadie podía concentrarse con aquella cátedra de piano que la jovencita había dado.

Roberto era hijo de padre dominicano y madre cubana. Era un niño humilde y de nobles sentimientos, por cierto muy católico. Desde su adolescencia se mantuvo en la iglesia y le cogió amor a la policía a través de las películas que veía en la televisión, lo que lo hizo determinar ser parte de aquella institución. Sus padres nunca estuvieron de acuerdo, pero lo querían mucho y a la vez le tenían pena, porque era su único hijo.

Se unió a un policía corrupto y despiadado, quien se llamaba Jeremías y quien tuvo que quitarle la vida, porque no había sido leal en el negocio.

Cuando se dio cuenta de que su compañero lo había traicionado, tenía todas las oportunidades de asesinarlo; pero dijo que lo descubrirían si lo hacía estando de patrulla con él.

Esperó el día siguiente. No fue a trabajar, porque no había estado bien de salud. Todo era mentira. La noche después en la que su amigo se había acostado entró a su residencia, subió la escalera que lo llevaría a la habitación del hombre quien le había despertado su ira. Jeremías estaba embriagado. Lo que le dio ventaja a Roberto para hacer su trabajo.

Entró a su alcoba, se dirigió lentamente hacia él, lo miró con pena, pero tenía conocimiento de que en aquel negocio la traición no se perdonaba. Sacó un recipiente y un pañuelo fino y blanco de su bolsillo, abrió la pequeña botella, le echó a la prenda aquel líquido, se lo puso en el rostro hasta desmayarlo; luego sacó una jeringuilla, la llenó del mismo ácido y se lo inyectó, lo que permitió que en menos de dos minutos el corazón de su amigo dejara de latir.

El padre de Roberto lo apoyaba, pero su madre se sentía preocupada, por la cantidad de dinero que su hijo había conseguido en tan poco tiempo. Le preguntaba que de dónde sacaba tanta plata, y él solo decía que era de su trabajo, hasta caer preso. Su madre no aguantó la depresión y luego murió de un infarto.

No todas las leyes del alma están cargadas de oscuridad. Los seres humanos no quieren entender que la resurrección del amor existe, que en cada jardín nace una bella rosa, que en cada pueblo nace un ser humano con talento, que cada perfume tiene su propio aroma, que en cada comunidad hay un líder, que cada océano tiene una sirena, que cada árbol da frutos diferentes y que cada horizonte tiene su infinito.

Alondra apareció en mi corazón como estrella fugaz, como los rayos que salen al compás de la aurora quemando las palmeras, como los arcoíris, que aparecen de sorpresa reflejando los siete colores del espectro, luego rociando los jardines para quitarles la sed a las rosas, como los rayos del sol en el atardecer, que de un momento a otro son opacados por una gigante nube, volviendo a reflejar cuando la misma es empujada por la fuerte brisa.

Te sigo llevando rosas mi reina, como al principio cuando nos conocimos; no he variado, el mismo tipo de flores, los mismos aromas, las que te llenaban de regocijo.

Ahí está ella, en aquel lugar frío y oscuro, donde los rayos del sol ni los de la luna pueden iluminar, donde la brisa no puede penetrar ni el agua puede filtrar, tampoco las aves pueden cantar, solo mi voz y el aroma de las azucenas.

La visito todos los fines de semana con los niños, permanecemos horas y horas… Hoy estoy en su nicho, el lugar que me llena de angustia, pero que me hace sentir más cerca de ella.

La ansiedad me persigue, me debilita, me desespera, pero no pierdo la esperanza de volver a ser su dueño, porque aunque hoy sea de Dios, mañana puede ser mía; sentirla en mis brazos, arropar nuevamente sus labios con mis labios y unir su vientre con mi vientre…

¡Creo en la resurrección!

Cuando llegue el día seré el hombre más feliz… cuando la vea levantarse de este lugar, donde lo dulce es salado y la soledad se burla de la melancolía… Ahora no tengo prisa, la esperaré, así me lo ha enseñado el tiempo.

Donde su alma vaya la seguiré, le abriré las puertas del pasado, las que nunca se han cerrado.

Lucho por lo que amo. He entendido las leyes del universo. No todos nacimos para ser felices, pero soy feliz, porque he entendido por qué no lo soy.

No importa que Alondra esté muerta, lo importante es sentirla viva que estando viva y sentirla muerta… Ahora no la veo en el día, pero la siento en la noche… Cada principio tiene su final… Tu final ha llegado Alondra aún sin tener principio.

52

Para Leo, un empleado en su organización era como una prenda en su cofre. Era un amigo, un hermano, además, aquellos hombres eran quienes le cuidaban sus espaldas, le defendían sus intereses, arriesgaban su vida por él, por lo que les pagaba bien y cuando entraban a la compañía lo hacía por adelantado, para que anduvieran limpios y para el sustento de sus familias; asimismo, de esta manera, no iban a encontrar motivos para no ser leales, porque al buen patrón los empleados no lo traiciona.

Roberto Escoto fue uno de los empleados que llegó con suerte a la organización, porque fue recomendado por uno de los jefes del FBI; por su cargo, merecía aquel obsequio: estaba arriesgando su pellejo, además, no estaba conforme con la incomodidad que tenía su familia. Leo le regaló una casa que hasta su muerte fue su orgullo.

En realidad, el trabajo de Roberto era observar los capos en los casinos, cómo se movían, hacia dónde iban en el transcurso de los negocios, y lo que hizo fue ponerse a consumir cocaína. Al coger este vicio, lastimó su economía, por lo que comenzó a fallarle a la organización. Llegó a tal extremo que, Leo tuvo que mandarlo a otro lugar a distribuir las mercancías. Llegó un momento en el que los clientes le tenían miedo e iba los fines de semana, derribaba las puertas de los apartamentos, les daba golpes y luego les quitaba el dinero y la droga.

Tenía plena seguridad de que tendría problema con la organización, porque amenazaba los clientes. Hubo uno de ellos que se arriesgó y le contó todo a Leo, que Roberto le había robado el dinero en el automóvil.

Sacha gastó todos sus ahorros para salir de prisión, hasta un apartamento de lujo que Leo le había regalado. No pudo lograrlo, porque todo lo que dijo cuando el equipo la interrogó fue grabado.

Al ser condenada, una de sus primas fue a buscar todo lo que le pertenecía, pero ya Alondra no le tenía confianza a ninguna de ellas. Puso a Ramoncito a sacar sus pertenencias. Una maleta que estaba encima del closet que se encontraba sobrecargada, cuando la llevaba en el hombro el zipper se abrió y la ropa cayó al piso junto con un paquete de cartas amarrada con una goma. Al ver esto, recogió las misivas y leyó el primer sobre. Vio a quién estaba dirigida.

—jefa —expresó Ramoncito, con aspectos de molestia y de interrogación—. ¿Estas cartas son de usted?

¿Qué hacía esta pelandusca con ellas?

Alondra tomó las cartas, las miró y quedó meditabunda e hizo dos minutos de silencio.

—Sí —dijo Alondra, con tristeza pintada en su rostro; dándose cuenta en realidad de quién era Sacha, que nunca fue su amiga—. Sabrá Dios, cuántas cartas más habrá ocultado.

Rossy tuvo que dar seis viajes, necesitando la ayuda de dos hombres para llevarse lo que le pertenecía a su prima. Sacha tenía la mejor habitación: la más grande; y se encontra ba cargada de sus pertenencias.

53

ÚLTIMA CARTA DE MARCOS

Noviembre 14/1991

No quiero vivir en torres cargadas de rayos de fantasías ni en mansión con su propio sol edificada en montaña; quiero vivir en tus pezones gloriosos e iluminado, por la lámpara de tu descendencia.

Ave sin nombre, no dejes que la sombra se exprese así de tu ser. Sombra de sueño, dale la mano al viento para que te la lea y te diga cuál es tu rumbo. No dejes tu dicha sostenida en columnas de fuego y tu fantasía protegida por la caja fuerte del aura. Rompe el sueño del viento, para que puedas cruzar la frontera.

Estoy enloqueciendo por tu ausencia, tu corazón es importante para mí como el cenáculo de la Santa Cena para los apóstoles.

¿Acaso tus labios fueron pintados por la pluma de Apeles, para llegar a la totalidad de la perfección?

Tus piernas impresionantes como la vara de Moisés, tus lágrimas son tan puras como el agua con la que Juan el Bautista bautizó a Jesús, y tu ombligo delicado como el pozuelo en el que Alejandro Magno le daba té a

Bucéfalo. ¡Eres tan hermosa!… Gioconda, Susana, ¿crees que esa ciudad es Daniel para devolverte la felicidad? No permitas que aprenda a vivir sin estas cualidades tuyas ni que mis sentimientos edifiquen torres de ira en tu alma.

Te marchaste como Elías, en aquel carro de fuego.

¿Acaso tienes tanto poder para mandarle todas estas plagas a mi corazón?... Hija de Moisés. ¡O no recuerdas cómo Jesús sacó su látigo para echar a aquellos malvados de la casa de su Padre!... No permitas que me enfade y que mi entraña se llene de odio. No busques el futuro a filo de espadas y deja de apoyar tu corazón en aquella flecha de oro. No imites a Alejandro, que le interesó más la conquista que su familia… hermana de Nerón.

¿O acaso crees que Nueva York es Nínive, y tú Jonás, para ir a una misión tan grande…?

Reconozco que no soy Moisés, para pedirte que me dejes ver tu rostro que no conozco.

¿Acaso crees que eres Poseidón, el dios del mar o Atenea, la diosa de la sabiduría o Zeus, el padre de los dioses o Ulises y mi corazón la ciudad de Troya, para tú destruirlo de esta manera?... Atridas, Calipso.

Ya sé que lo que quieres es ser feliz. Te voy a hacer feliz olvidándome de que existes, y dejaré de escribirte, no porque no existas, sino porque la tinta del jaspe de mi alma se ha terminado, su pluma está acongojada y em papada de llanto…

Gracias, gracias por no contestarme ninguna de mis cartas.

Atentamente, MARCOS

54

Después que Alondra terminó de leer la última carta se sintió muy decepcionada; no sabía que un ser humano era capaz de hacer tanto daño: impedir que una amiga se comunique con su esposo aun encontrándose a tantos kilómetros, sin dejar de reconocer que Marcos era un santo.

Hubo un momento en el que ni siquiera le interesaba aquella ciudad. Comenzó a prepararse para hacer su viaje. Duró una semana visitando sus amigos e hizo dos reuniones, una con los empleados de El Jardín y otra con los hombres y mujeres que trabajaban fuera. Les dijo que duraría un mes con su familia y que Ramoncito estaría al frente de los negocios. Hizo esto por ser humilde. Aunque su jefe le había dicho que cuando hiciera un viaje, nadie tenía que saberlo, solo Ramoncito, y que siempre viajara en La Aurora.

Ese día, en el aeropuerto había añoranza, los pasajeros se veían insólitos, se mantenían en silencio. Los amigos de Alondra tenían el rostro saturado de congojas, mojado de llanto como si fuera una despedida para siempre. Ramoncito le dijo que dejara el viaje para otro día, para que celebraran su cumpleaños, porque ese mismo día ella cumplía años. Además, sabía que con la muerte de Leo y con su ausencia las cosas no iban a funcionar igual e iban a sentirse solos.

Ella se mantuvo en silencio; sabía que tenía por delante una gran responsabilidad con su familia. Esta vez no quería viajar sola, quería ir entre mucha gente como lo había hecho en el primer viaje. Hasta hacer un vasto esfuerzo y lograr montarse en aquella nave.

Al encontrarse aislada en aquel espacio, solo recordaba a su querido esposo; y dentro de su pensamiento expresó:

Así es, Marcos, la distancia y la angustia de nuestros sentimientos, la profundidad de nuestras almas, las esencias de nuestros corazones, todas están unidas… sí, solo que hay más miel en tus sentimientos que las palabras que cantan tus labios y que la filosofía que oculta tu alma.

Si nuestros sentimientos son angustias del pasado, entonces nuestra historia es recuerdo de nuestro destino.

La gloria de nuestras entrañas, faltan horas para encender la luz de su cielo, para que tú, Marcos, expreses aquella dulce filosofía que mantienes encerrada en lo más hondo de tu interior.

Se me agota la respiración: mi corazón está dejando de latir; aunque me encuentre en la oscuridad de este mundo que antes lo había soñado, ya veo la aurora en tu universo, se encuentra llena de ternura, en sus ojos ha regresado el aura del atardecer… veo tu espíritu brillar de nuevo.

Ya no habrá juicio final, no se convertirá el cielo de aquella montaña en tinieblas, solo habrá fuego; los dioses caminarán sobre sus llamas: no se encenderán, solo se atormentarán… y su sangre jamás se sepultará en el llano que sostiene su dolor.

Al fin se cumplirá lo que tu destino había expresado: estar a mi lado de nuevo.

En vez de una llama de aquel fuego, una sed intensa es lo que siente mi ser por durar tanto tiempo sin estar a tu lado. Mi camino es oscuro, está sobre la colina, tal vez por eso no he podido tocar tu cuerpo una vez más. Aunque nuestra ansiedad haya dejado recuerdo, nos recostamos en aquel lecho de flores que hicimos historia; en nuestras pasiones no puede haber conformidad, pero el apasionamiento que tú crees que fue rechazado por mi gloria y que desespera tu pena ya su luz está encendida.

Sé que tu corazón está desbordado de amor por mí, igualmente el mío por ti; pero todavía mi anhelo siente el aura de aquella primavera cuando tocaste, cuando te entregué mi cuerpo por primera vez: una tarde cargada de luz, el sol no quería ocultarse, los pétalos de la amplia pradera sonreían, y a ti se te hizo difícil hacer silencio, de guardar tus marfiles, entonces los rayos de aquel vehemente astro dejó de tocar tu rostro.

Tú pensabas que te olvidaría, pero no fue así, si pensar en ti es lo que me ha mantenido fortalecida.

Sé que soy la culpable de que tú, Marcos, hayas alcanzado la cima de la felicidad y también la que pintó tu interior de angustia, la que se apoderó de tus recuerdos y la que está plasmada en tus sueños… Ahora la llave de la ciudad de mi cuerpo, la que estaba oculta en el pasado, pero que siempre te ha pertenecido, brillará de nuevo en tus retinas… Sí, Marcos, faltan horas para entregártela en tus manos. Entonces, tu sombra caminará a mí sin reprocharme una sola palabra, porque ese metal edificado por el Creador con exagerado amor será el símbolo del perdón.

Sí, eso es lo que necesitamos, unirnos bajo el cielo del campo, para repetir la historia que está escrita en los pétalos de aquella pradera, para que nuestro cuerpo continúe iluminado por los luceros, para recibir energías de aquellos astros y perseverar manando esencia de rosas mientras hagamos el amor en el burbujeoso arroyo bajo la clara luna del otoño, para que nuestros alientos, nuestras pieles y nuestros besos sepan a frutas primaverales, nuestro anhelo contemplar la sierra con mucho más altura junto al valle a donde beben los vacunos, la nube gigante que hace contacto con la elevada montaña deteniendo el tiempo y la lluvia gruesa y tibia, bendiciendo nuestra ansiedad ya vencida.

Así es, Marcos… ¿Por qué temerle a ser pobre? ¿Qué le importa al rico los sufrimientos del hombre humilde si cuando los pobres enferman aparecen obreros con más fuerza y sed de trabajo para trabajar aquella tierra; y aquellos explotados, ofendidos, humillados y lastimados por el sufrimiento, sin una garantía para su sepultura…? Y tú, Marcos, me amaste con mi pobreza; lo dejaste todo por mí: te enamoraste de mi voz, de la melodía de mi flauta y de las notas de mi guitarra junto al campo que sepultaba mi destino sin mirar hacia atrás, sin conocer mi alma.

¿Ves esa mirada en la montaña? Son de los dioses que nunca han existido; juntos no pudieron derrotar a su Padre que siempre ha odiado que lo edifiquen de yeso.

La Aurora va en busca de la aurora, bajo este suelo

helado Marcos. Y aunque mi cuerpo ha de marcharse, mis sentimientos quedaron esculpidos en el corazón del campo.

Mi silencio no se irá conmigo al cielo; dejé mi historia y mis palabras plasmadas en mi diario.

Marcos despertó asustado, empapado de sudor, de aquella pesadilla que parecía tan real sin dejar de pensar en Alondra, hasta oír la triste noticia.

55

Y te marchaste sin tu corazón desearlo, sin tus sentimientos estar dentro de mi pecho… Vuelve sobre el camino que está marcado en tu pensamiento y que todavía tiene plasmado tus pasos... Y viste las huellas que se alejaban, que se borraban y no quisiste caminar ni retornar sobre ellas.

No entiendo, ¿cómo tu ser estando muerto pudo dibujar tu tumba infinita, soñar tu destino, sin tu corazón tener la capacidad de producir movimientos?

Tu vida es un sueño de locura, Alondra. Algún día tu ser amará y tu sueño se convertirá en amor… La mirada miserable no existe en el amor, eso pensaba mi alma.

No pierdas tiempo, amuebla mi angustia de sonrisa. Desnuda estaba la verdad dentro de la luz de mi pasión que ya no existía, porque se había convertido en generosidad.

Que ya no me amabas, no era cierto, era que el tiempo nunca cooperó para que tus manos me acariciaran de nuevo. Pero tu historia quedó sellada en el papiro del amor; yo conforme con la vida, viviendo con un profundo deseo dentro de mi alma que nunca antes había vivido… Ahora, mi melancolía tiene paz dentro de la añoranza de mi destino.

¿Cómo antes mi musa no había despertado para describirte?

¿Por qué mis versos surgieron de tu ausencia?... Caminaban dentro de mis palabras, y yo, sin darme cuenta… Si soy el que más amo, entonces, si soy el que más amo, soy el que más sufre… En pocos hombres existe el amor: el amor narra sus sentimientos en nosotros mismos cuando amamos de verdad.

Alondra, ¿será que eres como eres porque naciste de tu alma? Solo tu ser estando muerto puede ser lo que es, lo que vivimos no lo somos ni jamás lo seremos.

¿Qué va a hacer el mundo con mi ser? ¿Cuándo se llenará el vacío de mi corazón? Tu muerte le ha robado la primavera a mi esperanza. ¿Cuándo descansará en el mundo que aún no existe pero que yo veo?

¡No es justo que una noche una mano te acaricie y al otro día te regale la muerte!

Siempre te recordaré. Durmiendo en tus brazos aprendí a dibujar la sonrisa de tu alma y bajo esa conformidad aprendí a vivir solo aun teniendo media vida.

Ahora no tengo tu cuerpo… ¡Qué importa estar vivo si con la vida no he conseguido nada! Si vivir hubiese sido estar contigo, entonces la vida tendría sentido. Y solo una sílaba de tus versos al pronunciarla retumbaría el mundo donde habito.

Cuando Marcos pronunció la última palabra en el nicho de Alondra, una brisa fría erizó su cuerpo y palideció su semblante. Aquella mañana de ese domingo, al oír los pasos de la multitud que iban a visitar los restos de aquella famosa mujer, que precisamente un día como ese fue cuando su corazón había dejado de latir… lo hicieron abandonar el camino real, porque no quería que le hicieran preguntas. Pero logró llegar a la puerta principal del Cementerio Nuevo sin que nadie lo viera.

Al llegar a su casa, se recostó en la hamaca que estaba amarrada entre los dos árboles de mangos banilejos. Al observar las nubes claras y extensas, caminando por el espacio que ambos arbustos dejaban, pensó que si aquella brisa era una señal de su esposa para que fuera fuerte y dejara esa melancolía en el mundo inconforme en el que vivía su alma.

56

Alondra se obstinó por la educación de su pueblo, porque para ella la educación era el alma del mundo, era el ojo del universo, que de ella surgía la luz del conocimiento, el placer del corazón del alma y el espíritu. Decía que todo se movía en su órbita, que el hombre comenzó a dejar de ser animal cuando empezó a educarse, sin ella nada existe ni nadie como ser humano existiría; ella contribuyó para que aquel ser dejara el miedo, la ignorancia y para protegerse de las fieras: para ella, el universo no tenía que llevar aquel nombre, sino el concepto de educación.

Sí, decía que aquella urbanidad era un concepto cargado de espíritu, que Dios estaba en un primer lugar y en un segundo la educación, en un tercero la educación y luego el universo infinito.

Ella siempre pensó que esta facultad había surgido de su misma naturaleza, de su misma esencia, de la sustancia de un todo, de lo real, porque ella es la realidad. Decía que Dios había creado el universo con los principios educativos, si no fuera de esta manera no podría la naturaleza avanzar hacia la perfección de las cosas.

La educación siempre ha vivido entre el espacio y el tiempo, y luego en el hombre. Y solo el hombre habita dentro de ella… Si algunos hombres se apartaran de la educación, vivirán muchos animales dentro de los hombres.

La educación es importante desde su mundo hasta el mundo ideal, emocional y hasta de los sentimientos de esta especie. Es el arquitecto que le edifica la base del razonamiento de aquel ser para aceptar los principios del universo.

La educación pone a latir los corazones y ha de alimentar el alma. Es la fórmula que a la humanidad le faltaba por descubrir para ser humano. Sí, la esencia de la educación surgió de su alma, de su sonrisa y de su interior.

Los sentimientos del hombre nacen del vientre de la educación, porque sin ella no existiera su ser como hombre, solo como lo que era antes y que ahora no lo es. Solo el hombre educado puede ver lo que otro hombre educado puede ver. El hombre educado no mira con sus ojos… observa con su alma.

Hay muchas posibilidades de que si Jesús el hijo del Creador del universo no hubiera sido educado no existiera como Dios, ni mucho menos como hombre.

Jamás conocerás tu origen si no estás educado…

El que quiera vivir para siempre tiene que educarse, porque aun estando muerto estará vivo.

El hombre no es hombre por su naturaleza, el hombre es hombre por la educación… ¿Cómo querrás ser humano si no has hecho el esfuerzo para educarte?

Alondra aseveró con firmeza: "La educación es un órgano, el hombre vive como hombre por ese órgano. Sí, sin él viviría pero no como hombre, sino como animal. Y como solo este órgano surgió para el hombre, sin él estaría muerto como ser humano aun estando vivo… La educación es el muro que sostiene el mundo, es la columna de espíritu donde descansa la sabiduría".

57

Alondra decía en una de las páginas de su diario, que nada era difícil en aquel planeta y todo era superficial: el agua, la luz, los árboles, el aire y otras realidades; que no se conocía la pobreza, tampoco se sabía lo que era hambre. Sin embargo, que la tierra era un planeta bendecido por Dios: el más perfecto, el que lo tenía todo, con su propia agua, su propia energía, sus árboles y la crisis tenía sus habitantes en la celda de su ira, porque no existía la generosidad en ellos, que se encontraban muy gigantes para humillársele al Padre aun dándoles todos los regalos que exige un planeta.

Mientras aquel pedazo de roca con olor a pólvora que es de donde viene mi alma según Clarisa, vive a base de tecnología, recogiendo materiales desechables por toda la galaxia para poder hacer esta ciudad y mantenerla conservada, que se ve perfecta, pero que no lo es.

Según el estudio forense que aquellos hombres le hicieron al cadáver de Alondra, determinaron que el corazón de aquella mujer era tan humano, tan puro, que se parecía al corazón de Jesús el hijo de Dios.

Que Alondra no era ninguna hechicera como muchos decían, que aquella reina había tenido la suerte de recibir una educación superior y un talento singular que en los demás estuvieron ausentes, que su problema estaba en que sus conocimientos eran tan avanzados que llegó a desarrollar un sexto sentido, que todos sus logros, prodigios y hazañas, los había logrado por aquella insigne formación; que no había un cerebro más perfecto que el de los seres humanos, que solo debemos luchar por una educación de mayor calidad, para encontrar el infinito de su desarrollo, que el centro del sistema nervioso humano era el de mayor perfección en toda la galaxia, no solo que el de los extraterrestres, sino que de cualquier otro ser que pudiera existir en el universo.

58

Nací hombre, y el hombre no se creó para ser destruido por este amor sumamente agigantado, tan agigantado que mi mismo corazón se ha perdido en su interior y aún existo… Y llegó un momento en el que mis sentimientos se mudaron de mi alma sin llevar mi ser dentro de mi ser. Y solo veía la sombra de Alondra abarrotada de pasión sin poder tocarla. Me lastimaba, sin su encanto ausentarse de mi angustia.

Caminaba hacia la torre, protegiendo su amor con mi pureza, pero mi amor estaba sin protección porque su pureza había desvanecido de su entraña buscando la ventana estrecha de su afecto.

Tenía inconformidad con su propia riqueza y nunca pude entender cómo una rosa con tanta luz quería más luces. Y mi sensación peleaba por un amor, un amor que contaba en su interior con un inmenso vacío, porque sabía que me amaba y que se marcharía.

Cada mañana busco su cuerpo en el camino por donde no quiere conducir, pero su sombra ha plasmado huellas aun sentada en mi hombro, que al ocultarse el sol aumenta de peso… En mi mundo todas las cosas hermosas seguían surgiendo de su mismo encanto.

¡Qué feliz me siento sintiendo su sombra, porque así sé que no estoy muerto! Me negó mi felicidad, pero así dijo el tiempo: «Qué te importa si aún su espíritu te mantiene con vida».

Habito en la pradera, en el centro de todas las rosas, porque estoy seguro de que su ser vive dentro de ellas. Y aquella ciudad a donde su ser descansa siempre tendrá luces, a donde el aura no existe, pero la brisa tiene olas al amanecer, porque aquel mundo fue creado a su imagen y no existe la noche porque es difícil de ocultar su cuerpo, por lo que la dulce agua que dibuja los versos de sus retinas siempre será cristalina.

Nunca dejaré de verla por verla demasiado, porque su susceptible sombra me tiene subvertido, subyugado, pero no hay esclavo que carezca de vida aun esté conforme con su esclavitud.

En la historia solo queda el recuerdo de lo que hemos vivido. El peso del amor solamente se encuentra en los corazones. Si la aurora existe, ella no está muerta, porque la luz de sus amarillos ojos, cargados de rayos, habita en su gloria.

Me siento más hombre cuando sueño que le hago el amor, veo una luz tan centellante, que parece el resplandor del mundo. ¿Entonces ser hombre es cuando la sueño y le hago el amor, ser hombre es permitir que su ser se burle de mis sentimientos, es sentirla viva aún estando muerta?

Aquella alma caminaba y dejaba sus huellas en aquel mundo a donde su sombra no había caminado, y esa fue la mañana que dio su último paso; una mañana que soñaba, pero que no existía, un violín que cantaba su melodía, pero que ocultaba su sonrisa y una sombra que mentía sin pronunciar una palabra.

Y aquella tarde que murió sin estar viva, ¡cuánta luz reflejaba su mirada y cuántos vieron su carne que anunciaba la mañana! Nunca dejará de existir la belleza, porque llevará su nombre; y su historia será arrojada al mundo cuando ya el mundo no exista, para que exista otro mundo nuevo: en su corazón surgirá nueva generación, habrá tranquilidad, paz; pero aunque el Polo Norte se desvanezca, su cuerpo quedará grabado en versos en la roca de la eternidad.

La voz de Alondra era encantadora. Encontró varias casas disqueras que le habían ofrecido contratos millonarios, pero ella nunca aceptó. Decía que no abandonaría a Leo, que le agradecía y que no tenía tiempo para dedicárselo a otro trabajo, que de aquel lugar regresaría a su país.

A veces cantaba en idiomas foráneos. Leo sabía unas cuantas lenguas que había aprendido en las calles y oyó a Alondra hablar ocho idiomas diferentes. A veces hablaban, ella se expresaba sin recordar de qué planeta él era y con quién hablaba. Leo no entendía nada.

Una noche, el DJ Dante Durán grabó una canción de Alondra en un idioma desconocido. Cuando ella murió, aquella canción lo hizo importante. Negoció con una casa disquera y quedó millonario. Las letras de la canción no se entendían, pero tenían un ritmo contagioso… Entonces fue cuando el mundo descubrió los grandes artistas que había en el sur de la República Dominicana, dándose cuenta a través de un censo del porcentaje de cargos importantes que habían adquirido en diferentes instituciones del país por su elevada inteligencia.

Sí, estaba grabado, su fantasía seguía en su vuelo, y yo navegando por las olas del fuego de su hoguera, tratando de llegar a su fría primavera. Sí, ella es la primera primavera, de su ser fue de donde surgió el verdor y la frescura.

La sigo buscando en lo más hondo de mi entraña y no puedo encontrar su espíritu, pero oigo los pasos de su sombra y los latidos de su corazón en mi recuerdo.

No ha dejado de ser hermosa, y en sus labios gruesos y húmedos, puedo ver los versos de su interior: no los puedo leer; pero aun así sé que su belleza llega donde llega su pensamiento.

Su medida es sin fin; el resplandor del sol y del tiempo habita en la orilla de su luz: su arquitectura de mujer es tan amplia como la arquitectura del templo que no existe y que solo se encuentra en el pensamiento del hombre.

La resurrección no quiere darle vida, para que su ser despierte y yo pueda dormir. Pero yo, Marcos Báez, descansaré, dormiré no como lo deseo, pero dormiré, y aún mi ser esté dormido la veré con vida, porque estando dormido vivo conmigo y vivo con ella. ¡Oh resurrección, déjame vivir en mi vida, déjame vivir en ella! Entonces yo moriré en su ser para tener vida eterna.

El sudario de aquella zona rural estaba más triste que nunca: el viento rugía, las palmeras volaban de un lugar a otro, el espantapájaros hacía su trabajo; no permitía que las aves se comieran los cereales. Aquella mañana de gran humedad, donde el gallo seguía cantando oyeron la triste noticia… El avión en el que viajaba Alondra había caído en aquel océano.

La mirada del caído sol dibujaba perlas en el fondo de su alma, en la noche, bajo la luna festejada, los barquitos de papel navegaban en el río cristalino.

Cuando Marcos oyó esa horrorosa noticia, se agarró la cabeza como si estuviera muriendo de dolor, y dijo: «Se repite la historia de nuevo, solo que ahora no hay esperanza de volver a ver su rostro». No podía aguantar la melancolía, la posibilidad de verla se convirtió en pesadilla, su sueño en insomnio, su pena era tan fuerte que en realidad, sentía que su corazón dejaba de producir movimiento cuando aquel dolor se posaba en su pecho. El día se puso oscuro y la noche se convirtió en tinieblas, en los luceros no había fantasía ni la pradera olía a rosas, el cielo no sonreía, los mangos banilejos y los bananos perdieron el dulzor y los habitantes de las palmeras no aplaudían ni cantaban bajo la sombra de los árboles florecidos; el campo que amaba se le había convertido en pesadilla; para él nada tenía importancia, la colina y la ribera del río no reflejaban belleza, tampoco el pequeño granero, ni Clarisa, la gallina ponedora de Jesús que su abuela le había regalado, ni Betty, la vaca más vieja del potrero, que amamantó los niños durante aquel largo tiempo y que llevaba el mapa del Nuevo Mundo en su vientre; ni Pancha, la mula que cargaba la cosecha al pueblo, ni Papito, el caballo en el que Alondra paseaba los fines de semana en el prado, ni la lámpara de gas que pertenecía a su abuela, que había sido obsequiada por su madre el día de la boda; tampoco la guitarra moderna cargada de polvo que él le había regalado el día de la boda. Nada era importante para Marcos, en su mundo había empezado una nueva pesadilla. Ya el rocío de la mañana no acariciaba las montañas ni las sombras de los árboles tenían importancia ni mucho menos la hamaca por la que los niños peleaba y que los hacía sonreír mientras jugaban en ella.

61

Ramoncito lloró cuando la noticia llegó a sus oídos. Nadie lo había visto en aquellas condiciones, ni siquiera en la muerte de Leo; en realidad, entendía que ella era muy joven y que apenas comenzaba a vivir.

Inmediatamente, hizo una reunión con el departamento de inteligencia de la organización, para investigar qué había pasado con el avión aún sin haberlo sacado del lugar en el que se encontraba.

Determinaron interrogar al mecánico de la nave llamado Julito Tecnología. Al llegar al taller, el ingeniero vio el rostro de Ramoncito que no estaba de humor y sintió pánico, corrió hacia la salida de atrás del estudio, pero ya Ramoncito había mandado sus hombres a protegerla mientras los demás cogieron la puerta delantera. Cuando Julito Tecnología se vio acorralado, al observar aquel rostro que se había transformado en algo desagradable y que era respetado por los habitantes de aquella ciudad, gritó y dijo antes de interpelarlo que lo habían obligado. Luego, aquel hombre de severo semblante lo agarró por el pecho, le puso una nueve milímetros en la cabeza que anteriormente había pertenecido a Leo y que se había apoderado de ella para siempre recordarlo: le vociferó; cambio el arma de posición, esta vez se la colocó con ira en la garganta y le dijo que eso no bastaba, que le dijera toda la verdad.

Dijo que Dantón le había secuestrado su familia y lo había amenazado, que le quitaría la vida en caso de que no le hiciera una avería al avión, y le ofreció cinco millones de dólares para que la nave fallara después de media hora de vuelo, que al hacer el trabajo liberó a su familia, luego lo estaba buscando para asesinarlo y no dejar rastro, que había ido al taller en busca de un avión de carga, para salir de la ciudad… Después que Julito le narró la historia, Ramoncito le quito el arma del paladar y le dijo que era inocente, que no tenía la culpa de lo que había pasado, que solo había recibido orden. Lo montaron en la van, luego cogieron para la mansión del jefe de aquella organización. Leo le había enseñado a Ramoncito que cuando una persona cometía un delito de esa magnitud, que no le quitara la vida, que lo utilizara para una misión de máximo peligro.

Durante el viaje, Julito Tecnología había hecho un cambio de vehículo en la carretera: se montó en su Ferrari, entró a la mansión de Dantón y le pidió perdón; pero ya antes le habían colocado un micrófono en su cuerpo.

El mecánico sabía que la única oportunidad que tenía para que Ramoncito no lo asesinara era haciendo aquel trabajo, de lo contrario, tenía un fuerte problema; pero los hombres de Leo solo lo habían utilizado para saber si aquel capo se encontraba en su residencia con su máxima seguridad, a Julito lo registrarían, se darían cuenta de su propósito, le quitarían la vida y los hombres se introducirían por la parte de atrás con armas poderosas.

Cuando se dieron cuenta de que su enemigo se encontraba en el lugar, Ramoncito dio la orden para empezar la misión, derribaron la puerta delantera con la Van HONDA, modelo ochenta y seis, donde se encontraba el equipo de grabación. Ametrallaron a todos los hombres de seguridad que protegían el castillo de Dantón.

Al jefe darse cuenta de esa traición asesinó al mecánico, dándole dos tiros en la cabeza. Héctor Ferrari, al ver que Dantón se encontraba en peligro, lo bajó por la escalera de emergencia, la que estaba oculta en el librero que se encontraba a mano izquierda de la puerta principal de la oficina. Ambos bajaron la escalera de hierro, pintada de negro: el patrón iba delante y Héctor detrás cuidándole sus espaldas mientras buscaba la salida del túnel que los llevaría a la playa. Cuando ya se veía la claridad que filtraba por los espacios de la puerta, lo llamó por primera vez por su nombre.

—Dantón —dijo Héctor Ferrari, con un tono de voz fuerte, de forma irrespetuosa.

Dantón se encontró todo esto extraño y se dio cuenta de que era una traición y dio la vuelta con gran lentitud, de manera de que no le fuera a disparar.

—Siempre he trabajado para Leo —replicó Héctor Ferrari, con gesto de ira—. Y llegó el momento de vengar su muerte y la de Alondra.

Dantón nervioso, levantó su treinta y ocho especial, cañón corto, plateada, con gran rapidez, para dispararle al hombre que lo había traicionado, pero hubo ventaja en Héctor Ferrari, quien ya lo tenía en la mira y lo alcanzó con un disparó bajo el hombro derecho.

—Gritas como niña, eh —dijo Héctor con el semblante lleno de odio, cuando su jefe se arrastraba en el suelo con aquel profundo dolor dejando manchas de sangre—. Tú crees que uno es un perro, para darle un trato tan miserable a un ser humano que cuida de tus espaldas: eres un cobarde; luego caminó hacia él y le introdujo la punta de la doce de doble cañón en la boca.

—Traicionero, vete al infierno —replicó Héctor Ferrari.

Al Dantón oír estas palabras, abrió los ojos tan grandes, como si se le quisieran salir. Luego Héctor le disparó, despegándole la región occipital de la cabeza.

Cuando los hombres que Ramoncito había mandado para que vigilaran la puerta del túnel oyeron aquel ruido, le dispararon a la cerradura de la puerta de hierro y luego entraron.

Al Héctor Ferrari oír estos disparos y al ver aquellos hombres arrojó el arma al suelo, luego levantó las manos.

—Trabajo para la organización —dijo Héctor nervioso.

—Sí, lo sabemos —dijeron los dos hombres que habían entrado al túnel…

Héctor sabía que si no le quitaba la vida a Dantón, iba a ser acribillado por aquellos profesionales.

Leo nunca creyó en Dantón, porque tuvo todo el tiempo enamorado de su esposa; pero ella nunca le hizo caso. Decía que solo aquel caballero utilizaba a las mujeres, lo que la hizo poner dos de sus hombres, para que le diera todas las informaciones, uno de ellos llamado Héctor Ferrari, quien llegó a ser su hombre de confianza.

En realidad, al hombre a quien Dantón le temía era a Leo; y al estar ausente, quería apoderarse de todos sus bienes. Su intención no era quitarle la vida a Alondra, al contrario, quería asesinar a Ramoncito, luego hacer a Alondra su amante, para convertir su sueño en realidad... Ramoncito tuvo conocimiento de que era a él a quien aquel capo quería quitarle la vida; o sea, que el viaje que el jefe había planeado para Europa, que era él quien comandaría. Que esa misma semana fue cuando mandaron a descontrolar el avión, pero que el viaje había sido suspendido por la muerte de Leo; además, Alondra sabía quién era Dantón, pero él no tenía conocimiento de que ella viajaría.

Tres meses después de la muerte de Alondra, Ramoncito abrió El Jardín, entró al bar, cogió una botella de whisky y comenzó a bebérsela en el mismo recipiente, porque todavía estaba lastimado con las muertes de Leo y de Alondra. Luego observó los tubos a donde ella bailaba, se sentó en una mesa y comenzó a analizar, «cómo Alondra no se había dado cuenta de que La Aurora estaba preparada para caer, que no era posible que predijera la muerte de Leo y no pudo darse cuenta de la de ella... No, no lo podía entender: estaba seguro de que lo sabía; pero que tal vez no quería seguir viviendo por la muerte de su jefe, ¡o tenía la convicción de que se le había terminado el tiempo de habitar en la tierra!»

Había pasado un año y todo estaba normal. Juan caminaba hacia el río, vio algo que no le gustó y corrió hacia la casa.

—Abuela, mira a Jesús —dijo Juan, cargado de melancolía porque ya sabía la historia de su madre—. Está tocando la flauta de mamá en la roca grande.

—Le dije que no quería verlo en el río —expresó Marcos nervioso, dando unos pasos hacia la orilla para llamarlo.

La abuela le agarró el hombro derecho y lo detuvo.

—¡Déjalo! —dijo con gesto afligido—. De esa manera se podrá comunicar con Alondra en el otro mundo; además, ese es su destino. El ave volaba y cantaba sobre la cabeza del niño.

Al Marcos observar esto y oír aquellas palabras extrañas de doña Carmen, se quedó asombrado: no se detuvo; pero esta vez sin intenciones de sacar a su hijo de aquel lugar, sino a continuar mirando la alondra que paseaba como si estuviera espiando… Dijo para sí mismo.

—Alondra, tú no has muerto, tu sonrisa sigue viviendo en mi corazón, y tu ausencia no habita en nuestro rancho. Tus hijos te tienen presente, siguen esperándote: jamás viviremos en aquella mansión sin tu presencia; seguiremos yendo al pueblo en nuestro asno y alimentándonos de nuestra tierra.

Tu presencia existe aún sin retornar. Dame tus encantos, devuélveme tu deleite. Nunca he dejado de evocar, de anhelar la ternura de tus labios… Te marchaste Alondra, pero cuando regrese La Aurora, tú llegarás, entonces yo me iré contigo.

Biografía
Luís Ramírez

Luis Felipe Ramírez Balbuena, novelista, narrador, cuentista, poeta, educador y crítico literario. Nació en la ciudad de Samaná, República Dominicana, el 14 de julio de 1968.

Estudió programación en la Pontificia Universidad Católica Madre y Maestra, Centro de Estudios y Servicios Empresariales CEYCE. Se graduó en filosofía y letras en la Universidad Autónoma de Santo Domingo (UASD) el 28 de octubre del año 2005. En esta misma universidad hizo una especialidad en Lingüística y una maestría en Literatura Hispanoamericana.

Fue profesor en el Politécnico Loyola y en la Universidad Psicología Industrial. Es profesor de Lengua y Literatura en el Liceo José Gabriel García, de su ciudad natal.

Su primer poema publicado "Que no llegue la hora", lo escribió el mismo día que inicio la guerra del Golfo Pérsico, poema que trata de la misma. Más tarde publica "El único amor" con la intención de darle promoción a "La pluma romántica" que el insigne catedrático Víctor Mariano bautizó como una obra de arte literaria.

Publicó su segundo libro de poemas "El amor es una mujer" en mayo del año 2012, once meses después su primera novela "La última página del diario de Alondra". En marzo de 2018 fundó "El movimiento literario Eliseo Demorizi".

Tiene otros libros de poemas sin publicar, como "Perdido en el horizonte" y la novela romántica "Una lagrima en el corazón".

Sus poemas han sido publicados en las redes, periódicos provinciales y nacionales.

WWW.EDICIONESGARGOLA.WEBNODE.ES

www.ingramcontent.com/pod-product-compliance
Lightning Source LLC
Chambersburg PA
CBHW050919220726
PP18604600001B/25